W0061545

Colum McCann

Wie alles in diesem Land

....

Storys

Deutsch von
Dirk van Gunsteren
und Matthias Müller

Rowohlt

Die Originalausgabe erschien 2000
unter dem Titel «Everything in this Country Must»
bei Phoenix House, Weidenfeld & Nicolson, London

Dirk van Gunsteren übersetzte «Hungerstreik»,
Matthias Müller «Wie alles in diesem
Land» und «Holz»
Die Übersetzung des als Motto
vorangestellten Gedichts
von Paul Muldoon
stammt von Hans-Christian Oeser

1. Auflage März 2001
Copyright © 2001 by Rowohlt Verlag GmbH,
Reinbek bei Hamburg
«Everything in this Country Must»
Copyright © 2000 by Colum McCann
Alle deutschen Rechte vorbehalten
Umschlaggestaltung any.way,
Cathrin Günther/Walter Hellmann
(Foto: photonica/Gunnar Smoliansky)
Satz Aldus PostScript, Pagemaker bei
Pinkuin Satz und Datentechnik, Berlin
Druck und Bindung: Clausen & Bosse, Leck
Printed in Germany
ISBN 3 498 04475 3

Die Schreibweise entspricht den Regeln
der neuen Rechtschreibung.

Für Isabella und John Michael

Pferde, seit Jahren unter
Den Grundmauern begraben,
Verleihen ihren Lehmböden
Die Leichtigkeit von Trampolinen.

Paul Muldoon, «Tänzer in Moy»

Inhalt

· · · · · · ·

—

Wie alles in diesem Land
. . . .

EIN SOMMERHOCHWASSER KAM, und unser Zugpferd blieb im Fluss stecken. Der Fluss donnerte gegen Felsen, das klang für mich wie sich drehende Schlüssel im Schloss. Es war Silagezeit, und das Wasser roch nach Gras. Das Zugpferd, Vaters Liebling, war in den Fluss gestiegen, zum Schnuppern vielleicht, und war stecken geblieben, ganz fest, mit dem Vorderfuß zwischen Felsen eingeklemmt. Vater fand es und rief: «Katie!», gegen den heulenden Regen. Ich war in der Scheune und wartete darauf, dass Tropfen durch das Loch in der Decke auf meine Zunge fielen. Ich rannte am Haus vorbei ins Feld. Beim Fluss starrte das Pferd wild in den Regen, vielleicht erkannte es mich. Vater bewegte sich langsam und ängstlich, wie jemand, der tief durch Schnee watet, nur gab es keinen Schnee, bloß Hochwasser, und Vater hatte Angst vor Wasser, immer schon. Vater sagte: «Da auf den Felsen hoch, Mädchen.» Er gab mir den Strick, und ich wusste, was zu tun war. Ich bin größer als Vater, seit meinem letzten Geburtstag, dem fünfzehnten. Ich spreizte mich weit wie bei der Liebe, einen Fuß auf dem Felsen in der

· · · · · · ·

Flussmitte, eine Hand am Ast darüber, und schwang mich hinaus über das Hochwasser.

Hinter mir sagte Vater: «Sachte jetzt.» Das Wasser floss warm und schnell, und ich hielt mich am Ast fest, konnte mich aber vom Felsen runterbeugen und den Strick am Halfter des schönen Zugpferds festmachen.

Die Bäume neigten sich wispernd zum Fluss, und sie breiteten ihre langen Schatten übers Wasser, und das Pferd zuckte schnell und hektisch, und mir war, als käme jetzt das Sterben, aber ich zog mit dem Strick den Hals über Wasser, ganz knapp.

Vater brüllte: «Halt den Strick fest, Mädchen!», und ich konnte seine zusammengebissenen Zähne sehen, die aufgerissenen Augen und all die dicken Adern an seinem Hals, wie sonst, wenn er die Gräben unserer Farm abläuft, viele Kühe, Hecken, Zäune. Vater ist immer in Angst, weil er Mama verloren hat und Fiachra, und jetzt das mit seinem Pferd, seinem Lieblingspferd, eine große belgische Stute, die mal den Acker gepflügt hat vor langer Zeit.

Der Fluss teilte sich am Felsen und spritzte über meine Füße in mein Kleid. Aber ich hielt den Strick fest, hielt ihn, wie Vater manchmal seine letzte Sweet Afton hält, beim Essen, vor dem Gebet. Vater brüllte: «Hochhalten, Mädchen, gut so!» Er sah aufs Wasser, als wäre Mama da, als wäre Fiachra da, und er holte tief Luft und tauchte unter, um den Huf des Pferdes freizukriegen, und er war so lange weg, dass ich den Himmel anheulte, so alleine war ich. Er hielt sich an einer

· · · · · · ·

Baumwurzel fest, aber sonst war sein Körper verschwunden unter dem schnellen braunen Wasser.

Die Nacht streute Sterne aus. Sie hingen zwischen den Ästen. Der Fluss bespritzte auch sie.

Vater kam wieder hoch, nach Luft japsend, mit pferdwilden Augen, und seine Mütze war im Fluss abgetrieben. Der Strick hüpfte in meinen Händen und brannte wie Ofenringe, und er rief: «Halt fest, Mädchen, festhalten, bitte, um Gottes willen, festhalten!»

Vater tauchte nochmal unter, kam aber schnell wieder hoch, hatte nicht mehr genug Luft in der Lunge, um sich unten zu halten. Er blieb im Fluss, die Hand an der Wurzel, und das Wasser schlug ihm gegen die Schultern, und er war traurig, weil er dem Zugpferd beim Ertrinken zusehen musste, darum zog ich stärker an dem Halfterstrick, und das Pferd schrie laut und reckte den Kopf.

«Letzter Versuch», sagte Vater mit trauriger Stimme, so traurig wie an Mamas und Fiachras Särgen vor langer Zeit.

Vater tauchte unter und blieb so lange unten wie gestern und vorgestern zusammen, und dann kamen Scheinwerfer die Straße hochgefegt. Die Lichter malten weit oben ein Bild vom Regen und legten Schatten auf die Hecken und Gräben. Vaters Kopf tauchte aus dem Wasser auf, er atmete so schwer, dass er die Lichter nicht sah. Seine Brust war breit und zuckte. Er schaute zum Pferd und dann zu mir. Ich zeigte die Stra-

. . . .

15

ße hoch, und er drehte sich im Wasser um und guckte. Er lächelte, dachte vielleicht, es wäre Mack Devlin mit seinem Milchwagen oder Molly, die vom Krämerladen nach Hause fuhr, oder sonst jemand, der ihm helfen würde, sein Lieblingspferd zu retten. Er zog an der Baumwurzel und hievte sich aus dem Fluss, stand am Ufer, und seine Arme gingen in die Höhe, als würde er winken und brüllen: «Hierher, hierher, he!»

Vaters Hemd war nass unter dem Overall und sehr weiß, als die Scheinwerfer darauf fielen. Die Lichter kamen näher, und aus der Helligkeit hörten wir Rufe, dann wurden die Stimmen deutlicher. Sie klangen, als hätten sie Dinge verschluckt, die ich noch nie verschluckt habe.

Ich sah zu Vater hinüber, und plötzlich sah er mich so furchtbar seltsam an, als sei er verloren, als sei er geschlagen worden, als sei er die treibende Flussmütze oder ein großer einsamer Baum, der sich verzweifelt nach Wald sehnt. Auf ihre merkwürdige Art riefen sie: «He, Kumpel, was ist los?», und Vater sagte: «Nichts», und der Kopf fiel ihm tief auf die Brust, und er sah über den Fluss zu mir, und ich glaube, er sagte: «Lass den Strick los, Mädchen.» Tat ich aber nicht. Ich hielt ihn fest, hielt den Hals des Zugpferds über Wasser, und die ganze Zeit sagte Vater und sagte doch nicht: «Lass los, bitte, Katie, lass sie ertrinken.»

Sie kamen schnell durch die Hecke, ohne auf ihre Uniformen zu achten, und ich hörte die Dornen an ihren

. . . .

Jacken zerren. Einer nahm beim Laufen den Helm ab, und seine Haare hatten die Farbe von Wintereis. Einer trug einen Schnurrbart, der wie lange Gräser aussah, und einer hatte eine Narbe auf der Wange wie der untere Teil von Vaters Mähmesser.

Mähmesser erreichte das Ufer als Erster, und sein Gewehr schlug ihm gegen die Hüfte, als er auf den Felsen sprang, wo ich den Halfter hielt. «Okay, Kleines, jetzt ist alles gut», sagte er zu mir, und seine Hand lag regennass auf meinem Rücken. Er griff sich den Halfter und rief den anderen Soldaten zu, was sie tun sollten, wo sie sich hinstellen sollten. Dann reichte er mich an Langegräser weiter, der meine Hand nahm und mich sicher zum Ufer führte. Sie waren jetzt zu sechst, lauter Helme und Gewehre. Vater rührte sich nicht. Seine Augen waren immerzu auf den Fluss gerichtet, sahen vielleicht Mama und Fiachra, die zurückstarrten.

Ein Soldat redete laut und schnell auf ihn ein, aber Vater war wie eine von den Schaufensterpuppen in Derry, und der Soldat warf die Arme hoch, wandte sich im Regen ab und spuckte eine große Ladung in den Wind.

Mähmesser stand ganz sicher mit dem Halfter auf dem Felsen, hielt sich nicht mal am Ast über seinem Kopf fest. Eishaar legte seine Stiefel, sein Gewehr und sein Hemd ab, und er sah nicht aus wie die Jungs aus dem Ort, die zur Liebe in die Scheune kommen, er sah nicht aus wie Vater, wenn er ohne Hemd Heu mäht, nein, er sah wie niemand aus, er war sehr dünn und

· · · · · · ·

kräftig, mit Rippen, wie sie manchmal ein Pferd hat nach einem langen Tag auf dem Feld. Er tauchte nicht so, wie ich es mir wohl gewünscht hätte, er trat einfach ganz langsam und gar nicht angeberisch ins Wasser und ging dann rüber, die Arme hoch in der Luft, immer weiter runter. Aber der Fluss wurde zu tief, und Mähmesser rief vom Felsen aus: «Bleib im Flachen, Stevie, bleib im Flachen, Kumpel.»

Und Stevie machte Mähmesser mit dem Daumen das Okay-Zeichen, und dann war er unter Wasser, und zuletzt kam der Stoß mit den Beinen.

Langegräser stand neben mir und legte Stevies Jacke um meine Schultern, um mich zu wärmen, aber dann kam Vater rüber und schubste ihn weg. Er schubste ihn kräftig. Er war kleiner als Langegräser, aber Langegräser knallte gegen den Baum. Langegräser holte tief Luft und starrte ihn durchdringend an. Vater sagte: «Lassen Sie die Finger von ihr, sehen Sie nicht, dass sie noch ein Kind ist?» Ich bedeckte mein Gesicht vor Scham wie in der Schule, als sie mich im Unterricht an einen besonderen Tisch setzten, der größer war als die anderen und nicht aus Holz mit Klappdeckel, nur dass ich nicht mehr zur Schule gehe, seit das mit Mama und Fiachra passiert ist. Ich schämte mich wie an jenem Tag, und ich bedeckte mein Gesicht und linste durch die Finger.

Vater warf Langegräser einen bösen Blick zu. Langegräser starrte Vater auch lange an, schüttelte dann den Kopf und ging zum Ufer, wo Stevie noch unter Wasser war.

. . . .

Vaters Hände lagen auf meinen Schultern und wärmten mich, und er sagte: «Jetzt wird alles gut, Liebes», aber ich dachte bloß an Stevie und wie lange er schon unter Wasser war. Mähmesser brüllte, so laut er konnte, und starrte ins Wasser, und ich blickte auf und sah den großen Armeelaster durch den Heckenzaun kommen, ein großes Loch wurde in die Hecke gerissen, und Vater schrie: «Nein!»

Die Suchscheinwerfer des Lasters waren an und beleuchteten den ganzen Fluss. Wieder schrie Vater: «Nein!», hörte aber auf, als einer der Soldaten ihn anstarrte und sagte: «Dein Pferd oder deine blöde Hecke, Kumpel.»

Vater setzte sich ans Ufer und sagte: «Setz dich, Katie», und ich hörte in Vaters Stimme mehr Traurigkeit als damals an Mamas und Fiachras Särgen, mehr Traurigkeit als an dem Tag, als sie von dem Armeelaster überfahren wurden, unten bei der Schlucht, mehr Traurigkeit als an dem Tag, als der Richter sagte: «Niemand ist schuld, es ist einfach eine Tragödie», mehr Traurigkeit sogar als an diesem Tag und allen anderen Tagen, die danach kamen.

«Dreckskerle», flüsterte Vater, «Dreckskerle», und er legte den Arm um mich und saß da und sah zu, wie Stevie auftauchte und gegen die Strömung schwamm, um an Ort und Stelle zu bleiben. Er rief zu Mähmesser hoch: «Ihr Fuß ist eingeklemmt», und dann: «Ich werd versuchen, den Huf rauszukriegen.» Stevie holte viermal tief Luft, und Mähmesser zog an dem Halfterstrick, und das Zugpferd schrie, wie ich es noch nie bei einem Pferd gehört habe, weder davor noch danach. Vater war still, und ich wollte wieder allein in der Scheune sein und darauf warten, dass Tropfen auf meine Zunge fallen. Ich trug Stevies Jacke, aber ich zitterte vor Nässe und Kälte und Angst, weil Stevie und das Pferd sterben würden wie alles in diesem Land.

Vater mag seinen Tee ohne Beutel, so wie Mama ihn gemacht hat, also muss ich ihn auf besondere Art machen – kaltes Wasser in den Kessel und nur kaltes, dann kochen, dann etwas kochendes Wasser in die Teekanne und rumschwenken, bis der Kannenboden warm ist. Dann Teeblätter rein, keine Beutel, dann das kochende Wasser drauf, alles ganz langsam umrühren, den Teewärmer drüber und fünf Minuten auf dem Herd ziehen lassen, aber aufpassen, dass die Flamme nicht zu stark ist, damit der Teewärmer nicht Feuer fängt. Dann Milch in die Tassen gießen und dann den Tee und schließlich den Zucker und das Ganze zu genau der richtigen Mischung umrühren.

Mein Getue um den Tee brachte die Soldaten zum Lächeln, sogar Stevie, dem das Blut aus dem Kopf strömte, da über dem Auge, wo das Zugpferd ihn getreten hatte. Vater wurde weiß im Gesicht, als Stevie lächelte, aber Stevie war sehr höflich. Er nahm ein Handtuch von mir, weil er meinte, er wolle nicht, dass Blut auf den Stuhl käme. Er lächelte mich zweimal an, als ich den Kopf durch die Küchentür steckte, und er

. . . .

hielt einen Finger hoch, was «Ein Löffel Zucker, bitte» bedeutete, und ein großes O mit den Fingern für «Keine Milch, bitte». Etwas Blut trocknete in seinen Haaren, und seine Augen leuchteten so, wie der Himmel leuchten sollte, und ich spürte, wie mir der Magen ganz tief runtersackte, bis es so war wie bei der Liebe in der Scheune, und dann lächelte er mir Nummer drei zu.

Alle waren froh, jemandem das Leben gerettet zu haben, selbst einem Pferd, nur Vater saß still in der Ecke. Er war mir böse, weil ich die Soldaten zum Tee eingeladen hatte, und das Kinn hing ihm lang auf die Brust, und um seine Füße war eine Pfütze. Alle trockneten sich mit Handtüchern ab außer Vater, weil es nicht genug Handtücher gab.

Langegräser saß im Lehnsessel und sagte: «Gut, dass Sie Heizlampen hatten, Meister.»

Vater nickte bloß.

«Wie war's unter Wasser, Stevie?», fragte Langegräser.

«Nass», sagte Stevie, und alle lachten, nur Vater nicht. Er starrte Stevie an und sah dann weg.

Im Wohnzimmer war es jetzt hell. Mir gefiel das Grün der Uniformen und sogar das Rot von Stevies Blut. Aber Stevies Kopf muss von dem Pferdetritt ziemlich lädiert gewesen sein. Die anderen Soldaten überlegten, ob sie ihn vielleicht mit dem Armeelaster direkt ins Krankenhaus fahren sollten, statt sich abzutrocknen, ihn lieber nähen zu lassen, statt Tee zu trinken, einfach später nochmal vorbeizukommen, um

. . . .

nach dem Zugpferd zu sehen, ob es unter den Heizlampen überlebt hätte. Aber Stevie sagte: «Schon gut, Jungs, das bringt keinen um, und jetzt brauch ich einen Tee.»

Der Tee schmeckte gut vom langen Ziehen, und für besondere Gäste hatten wir Kekse, die holte ich aus der Speisekammer. Ich probierte einen, um zu sehen, ob sie noch frisch waren, und trug das Tablett hinaus.

Ich nieste, achtete aber darauf, nicht aufs Tablett zu niesen, um genauso höflich zu sein wie Stevie. Stevie sagte auf seine komische Art «Gesundheit», und wir waren alle still, während wir unseren Tee tranken, aber ich nieste wieder drei-, viermal, und Mähmesser sagte: «Du solltest aus diesen nassen Sachen da raus, Kleines.»

Vater stellte seine Tasse laut auf der Untertasse ab, und es war sehr still.

Alle, sogar die Soldaten, guckten auf den Boden, und die Uhr auf dem Kaminsims tickte, und Mamas Bild starrte von der Wand und Fiachra beim Fußballspielen, und die Soldaten sahen sie nicht, aber Vater schon. Das lange Schweigen wurde immer länger, bis Vater mich rief: «Komm her, Katie», und er stellte mich neben das Fenster und nahm den langen Vorhang in die Hände. Er drehte mich um und wickelte mich im Vorhang ein, dann nahm er meine Haare und rubbelte sie, nicht zart, sondern ganz fest. Vater ist lieb, er wollte mir bloß die Haare abtrocknen, weil ich zitterte, sogar in Stevies Jacke. Unter dem Vorhang

. . . .

hervor konnte ich die Soldaten sehen und vor allem Stevie. Er trank seinen Tee und lächelte mir zu, und Vater hustete sehr laut, und die Uhr tickte noch ein bisschen weiter, bis Mähmesser sagte: «Hier, Meister, nehmen Sie doch mein Handtuch für sie.»

Vater sagte: «Nein, danke.»

Mähmesser sagte: «Na, kommen Sie, Meister», und er knüllte das Handtuch zusammen und wollte es Vater schon zuwerfen.

Vater sagte: «Nein!»

Stevie sagte: «Lass gut sein.»

«Lass gut sein?», sagte Mähmesser.

«Vielleicht sollten Sie jetzt alle gehen», sagte Vater.

Mähmesser wechselte den Ausdruck und warf Vater das Handtuch vor die Füße, und seine Wangen blähten sich auf, er atmete schwer und sagte: «Von wegen Dankbarkeit, einen Scheiß kriegt man von Leuten wie Ihnen, Meister.»

Mähmesser stand jetzt und zeigte auf Vater, und das Licht blitzte von seinen Stiefeln, und sein Gesicht zuckte, dass die Narbe aussah, als würde sie ihm hineinschneiden. Langegräser und Stevie kamen und hielten ihn zurück, aber Mähmesser sagte: «Riskieren unser Scheißleben und retten Ihr Scheißpferd, und das ist der ganze Dank, hä?»

Vater hielt mich ganz fest, im Vorhang eingewickelt, und er wirkte ängstlich, klein und zittrig. Mähmesser brüllte viel, und sein Gesicht war rot und zerknautscht. Stevie hielt ihn zurück. Stevies Gesicht war lang und traurig, und ich wusste, dass er Bescheid wusste, weil er immerzu Mama und Fiachra auf dem Kaminsims ansah, neben der tickenden Uhr. Stevie schleifte Mähmesser aus dem Wohnzimmer, und an der Küchentür ließ er ihn los. Mähmesser drehte sich ein letztes Mal über Stevies Schulter um und sah Vater mit ganz verzerrtem Gesicht an, aber Stevie packte ihn wieder und sagte: «Vergiss es, Kumpel.»

Stevie führte Mähmesser durch die Küche auf den Hof zum Armeelaster, und draußen goss es immer noch, und dann war es still im Wohnzimmer bis auf die Uhr.

Ich hörte, wie der Motor angelassen wurde.

Vater trat zur Seite und legte den Kopf auf den Kaminsims neben die Fotos. Ich blieb am Fenster in Stevies Jacke, die Stevie vergessen hatte und bis jetzt noch nicht abgeholt hat.

Ich sah, wie der Laster den Weg runterfuhr, und die roten Lichter auf dem grünen Tor, als er anhielt und dann in die Straße einbog, vorbei an der Stelle, wo das Pferd aus dem Fluss gerettet wurde. Ich hörte nichts, nur wie Vater leise Geräusche in der Kehle machte, und ich drehte mich nicht vom Fenster weg, weil ich wusste, er wäre böse, dass ich ihn so sehe. Vater schniefte, vielleicht hatte er vergessen, dass ich da war. Es ging ganz tief in ihn runter und kam in großen Schluchzern, wie ich sie noch nie gehört habe, wieder raus. Ich rührte mich nicht, aber Vater zitterte gewaltig. Er holte ein Taschentuch raus und ging vom Kaminsims weg. Ich

. . . .

24

sah nicht hin, weil ich wusste, dass er sich für sein Weinen schämen würde.

Der Armeelaster war jetzt fast verschwunden, rote Lichter auf den Hecken.

Ich hörte die Wohnzimmertür zufallen, dann die Küchentür, dann die Tür zur Speisekammer, wo Vater sein Jagdgewehr aufbewahrt, dann die Haustür, und ich hörte, wie der Hahn gespannt wurde, und ihn, noch am Weinen, immer weiter weggehen, bis das Weingeräusch verschwunden war und er wohl im Hof stand, im Regen.

Die Uhr auf dem Kaminsims war sehr laut, auch der Regen und auch mein Atem, und ich sah aus dem Fenster.

Die Hauptstraße war so gut wie leer, und die Soldaten bogen gerade um die Ecke, als ich das Geräusch hörte, nicht wie Kugeln, mehr wie ein Klatschen, eins zwei drei.

Die Uhr tickte immer noch.

Sie tickte und tickte und tickte.

Der Vorhang war nass um mich herum, aber ich zog ihn fest. Ich hatte Angst, konnte mich nicht rühren. Ich wartete, es kam mir vor wie eine Ewigkeit.

Als Vater von draußen reinkam, wusste ich, was los war. Sein Gesicht war wie in Stein gemeißelt, und er weinte nicht mehr und sah mich nicht mal an, sondern setzte sich einfach in den Sessel. Er nahm seine Tasse, und sie klapperte auf der Untertasse, darum stellte er sie wieder hin und vergrub das Gesicht in den Händen

. . . .

und blieb so. Das Ticken war jetzt nicht mehr in meinem Kopf, und alles war still überall auf der Welt, und ich hielt den Vorhang, als würde ich das Klatschen der Kugeln abhalten, die in das Zugpferd eindringen, sein Lieblingspferd, in der Scheune, eins zwei drei, und ich stand in Stevies Jacke am Fenster und guckte und wartete, und noch immer goss es draußen, eins zwei drei, und ich dachte, ach, was für ein kleiner Himmel für so viel Regen.

Holz
· · · · · · ·

DIE NACHT WAR gerade hereingebrochen, als wir die Baumstämme zum Sägewerk runterbrachten. Der Sturm war vorbei, aber auf den Hecken lag noch Schnee, und es sah aus, als hätten sie weiße Augenbrauen.

Mama fuhr den roten Traktor. Er kroch im Schneckentempo die Straße lang. Die Scheinwerfer waren aus, und sie fuhr mit Halbgas, damit uns keiner hörte. Sie war in zwei Mäntel eingewickelt, und ich hatte meinen braunen Dufflecoat bis zum Hals geschlossen, aber der Wind war trotzdem kalt. Hinter dem Traktor scharrten die Baumstämme über den Boden, es klang, als seien auch sie nervös. Die Stämme waren mit Ketten umwickelt, damit sie nicht wegrollten, trotzdem rasselten die Ketten, und ich hielt den Atem an.

In Papas Zimmer brannte Licht. Es färbte den Schnee hinterm Haus gelb ein.

Mama sagte mir, ich solle ganz still sein.

Sie trat aufs Gas, und der Traktor wurde an der Steigung etwas schneller. Sie wollte den Motor nicht abwürgen. Daddy könnte etwas davon mitbekommen, und dann würde er Fragen stellen.

Der Motor klang wie aufsteigender Husten.

Mama drehte sich auf dem Traktorsitz um und schob ihr Kopftuch hoch, um nachzusehen, ob auch alle Baumstämme mitkamen. Ich ging hinterher und winkte ihr. Sie lächelte und drehte sich wieder um.

Meine Stiefel hinterließen Abdrücke in den Schleifspuren der Baumstämme. Sie hatten Größe 42, hatten früher mal Daddy gehört und waren viel zu groß, und ich spürte das lose Zeitungspapier in den Schuhspitzen.

Der Schnee war gefroren und knirschte unter meinen Füßen.

Der Traktor erreichte das Ende der Steigung, und als auch die Baumstämme oben waren, drosselte Mama den Motor. Die Wolken waren verschwunden, eine flache Scheibe Mond kam zum Vorschein – es sah aus, als hätte jemand eine Münze in den Himmel geworfen. Ich hätte mich gern hinten auf die Baumstämme gesetzt und vom Traktor ziehen lassen. Wir hatten einen Handkarren, und bevor Daddy krank wurde, hat er uns manchmal an einem Seil hinter sich her gezogen. Wir haben viel gelacht und gebrüllt, meine Brüder und ich. Manchmal schleifte er uns durch den Schlamm ganz bis runter zur Kirche, wo wir Messdienst hatten. Einmal zog er zu heftig an dem Karren, und wir knallten gegen einen Baum. Ich hatte eine tiefe Schnittwunde am Kopf, aus der das Blut über mein Kinn strömte,

. . . .

aber ich kam nicht ins Krankenhaus. Daddy sagte, ich sei zu groß, um wie ein Mädchen zu heulen, aber trotzdem trug er mich dann ganz bis nach Hause. Damals hatte er noch breite Schultern gehabt und war nicht so gekrümmt gewesen wie ein alter Rabe.

Der Mann mit dem dicken Auto hatte vor drei Tagen bei uns geklingelt. Er hatte graues Haar und einen grauen Anzug und einen Union-Jack-Button am Revers. Sein Gesicht war verkniffen, als hätte es jemand mit einer Kneifzange zusammengedrückt. Ich kannte ihn von der Kirche, konnte mich aber nicht an seinen Namen erinnern. Er sagte, in der Loge hätte es gebrannt, es sei ein Notfall, sie bräuchten ganz schnell welche, wollten aber Kavanaghs Sägewerk drüben am andern Ende der Stadt nicht beauftragen. Vierzig Stangen, hatte er zu Mama gesagt. Fünfundzwanzig Shilling das Stück. Die sind für die Fahnen. Bitte schön glatt und poliert und oben abgerundet. Ich war mir sicher, dass Mama nein danke sagen würde. Seit Daddy krank war, hatte sie zu jedem Auftrag nein danke gesagt und dass uns die Schecks, die mit der Post kamen, reichen würden. Aber diesmal rieb sie sich die Hände und sagte schließlich leise: «Abgemacht.»

«Ihr Mann ist also einverstanden?», fragte er.

«Wird er schon, ja.»

«Er war bisher nicht gerade scharf drauf, oder?»

Mama drehte sich um, als fürchtete sie, dass Daddy

. . . .

hinter ihrem Rücken lauschte, dann rüttelte sie an der Türklinke.

Der Mann lächelte und sagte: «Also, nächste Woche dann.»

«Ja, nächste Woche», sagte Mama.

Ich sah zum Licht in Daddys Fenster hoch und dann wieder zum Traktor. Mama hielt das Lenkrad jetzt fest umklammert, als sie beim Haus um die Ecke bog.

An den Mauern wuchs Efeu, und es sah aus, als würde unser Geheimnis an den Ranken zu Daddys Zimmer hochklettern.

Im Hof musste ich laufen, um mit den Baumstämmen mitzuhalten. Ich atmete schwer. Mama lehnte sich über ihren Sitz zurück und winkte mir, dass ich mich beeilen solle. Sie wollte ein Wort sagen, aber es kam kein Wort heraus, und dann drehte sie sich blitzschnell wieder um.

Sie stand plötzlich vom Traktorsitz auf, riss das Steuer nach links und bremste. Ich dachte, sie hätte vielleicht einen von den Hunden angefahren, aber als ich hinlief, sah ich den Schubkarren voller Backsteine. Das Hinterrad vom Traktor hätte ihn fast erwischt. Das hätte einen Riesenkrach gemacht. Ich nahm den Schubkarren und schob ihn ein paar Meter weiter.

Mama flüsterte: «Geh voran und pass auf, dass uns nichts im Weg liegt, sei so lieb.»

Der Hof war praktisch leer, aber ich brachte die Backsteine neben das alte Außenklo, und dann schleppte ich ein paar alte Planken zum Wassertank rüber. Mama sah angespannt aus, doch als ich den Weg für den Traktor freiräumte, lächelte sie.

Der Schnee von den Planken legte sich auf meine Mantelärmel, schmolz und sickerte bis zu meinen Ellbogen durch, sodass ich anfing zu zittern.

Ich winkte Mama weiter.

Sie trat fest auf die Bremse, um sie zu lösen – es klickte laut –, und dann rollte der Traktor langsam weiter. Die Reifen gruben sich in den harten Schnee, und die Baumstämme ächzten.

Das Tor zum Sägewerk stand offen. Mama fuhr mit dem Traktor ganz durch, und jetzt klang es anders, leiser, weil die Reifen über Sägemehl rollten. Ich zog an der Schnur, Licht durchflutete das Sägewerk, und überall um uns herum war Staub. Ein paar Flaschen Limonade standen auf den Werkbänken, wo Daddy sie vor langer Zeit stehen gelassen hatte.

Meine Kehle war ganz trocken, und ich überlegte, ob ich ins Haus laufen und Milch aus dem Kühlschrank holen sollte, aber Mama sagte: «Nun komm, Andrew.»

Sie kletterte vom Traktor und zupfte an ihrem Kleid, das sich am Kotflügel verfangen hatte. Sie machte das Tor zu, klatschte zweimal in die Hände und sagte: «An die Arbeit.»

Daddy sagt, er sei genau so ein guter Presbyterianer wie die anderen, das sei schon immer so gewesen und würde auch immer so bleiben, aber nur pure Nieder-

. . . .

tracht könne das Sterben anderer Menschen bejubeln. Er lässt nicht zu, dass wir zu den Märschen gehen, aber ich habe Fotos in der Zeitung gesehen. Am besten haben mir die beiden Männer mit den Melonen und den schwarzen Anzügen und den dicken, fetten Schleifen quer über der Brust gefallen. Sie trugen ein Banner, wo der König auf einem weißen Pferd saß. Das Pferd war dabei, einen Fluss zu überqueren, mit einem Huf in der Luft und einem Huf am Ufer. Der König trug schicke Kleider und hatte ein freundliches Gesicht. Das Bild gefiel mir richtig gut, und ich verstand nicht, warum Daddy sich so aufregte. Mama sagte nie was zu den Märschen. Wenn wir sie fragten, sagte sie: «Fragt euren Vater.» Und wenn wir wissen wollten, warum, sagte sie: «Weil euer Vater das so will.» Ich dachte, dass unsere Stangen vielleicht so ein Banner tragen würden, mit dem König, der hoch zu Pferde sitzt. Als ich Mama danach fragte, sagte sie: «Nicht jetzt, wir haben eine Menge Arbeit vor uns.»

Ich wusste, was zu tun war, weil ich Daddy zugesehen hatte. Wir lösten die Ketten von den Stämmen. Die Metallglieder fühlten sich tot an zwischen meinen Fingern.

Mama trug zierliche, dünne Wollhandschuhe, und sie bot sie mir an, aber ich sagte nein danke. Sie nahm das Kopftuch ab. Das Haar fiel ihr auf die Schultern, schwarz mit ein bisschen Grau dazwischen. Ihre Wangen waren rot vor Kälte, und sie sah hübsch aus, wie

. . . .

auf den alten Fotos. Sie holte eine Schachtel Streich-
hölzer aus ihrer Kleidtasche und ging zum Petroleum-
ofen hinüber.

Als sie das Streichholz anriss, sah es aus, als würde
Feuer aus ihren Händen springen.

Nach einer Weile wurde es warm in der Werkstatt.
Wir zogen die restlichen Ketten unter den Stämmen
hervor. Einer rollte über den Boden und stieß gegen
den Sägebock.

Mama sah aus dem Fenster, doch im Hof war nichts
außer unseren Spuren im Schnee. Sie klopfte an die
Fensterscheibe, und das Eis auf dem Glas vibrierte, aber
dann nahm sie die Kettensäge von der Wand und sagte
zu mir: «Geh ein Stück zurück.»

Mama warf sie an, und die Metallzähne ratterten
um das Schwert. Sie atmete dreimal tief ein. Zuerst
machte sie einen V-Schnitt, und ich drückte auf den
Stamm, damit es schneller ging.

Sie zerteilte den Baum in drei lange Stücke. Eine
Schweißperle stand ihr auf der Stirn, stand einfach da,
als wüsste sie nicht, ob sie runtertropfen sollte oder
nicht, aber Mama stellte die Kettensäge ab, legte den
Kopf auf die Schulter und wischte den Schweiß weg.

«Wie lange brauchen wir?», fragte ich.

«Ein paar Tage», sagte sie. «Sie wollen sie rechtzeitig
für die Marschproben.»

Ich sah ein paar Fledermäuse draußen am Fenster vor-
beischwirren. Sie kurvten herum und flogen sehr
schnell.

Wir hoben den Stamm hoch und legten ihn in die Schneidemaschine. Das Holz war nass an der Stelle, wo Mama es zersägt hatte, und ich spürte, wie der Saft über meine Finger rann.

Als wir den Stamm richtig platziert hatten, waren wir beide außer Atem. Mama drückte auf den Schalter, und das scharfe Blatt fuhr durch die Mitte des Stamms. Wenn man Bäume zersägt, kann man an der Zahl der Ringe ablesen, wie alt sie sind, und ich fragte mich, wenn ich mich aufschneiden würde, ob ich dann auch was über mich erfahren würde, aber ich sagte nichts, weil Mama in die Maschine starrte.

«Meinst du, die Stücke sind zu dick?», fragte sie.

Ich war mir nicht sicher, also sagte ich nein, sie seien genau richtig.

Sie lächelte kurz, und ein paar Haarsträhnen fielen ihr in die Stirn. Sie band sie hinten zusammen, dann stand sie da, die Hände in die Hüften gestemmt.

«Gut so», sagte sie.

Wir trugen das erste Stück zur Rundstabfräsmaschine, und Mama nahm sich viel Zeit, um alles zu überprüfen, die Blätter, die Knöpfe, das Öl. Dann sah sie mich lange über die Maschine hinweg an und sagte: «Das bleibt doch unser Geheimnis?»

«Ja.»

«Deinen Brüdern erzählst du auch nichts?»

«Nein.»

«Gott steh mir bei», flüsterte sie.

Mama stellte die Maschine an. Sie knatterte, und

Mama sah aus, als wollte sie die Maschine bitten, still zu sein. Das Holzstück drehte und drehte sich, und Späne flogen in alle Richtungen, bis es allmählich wie eine Stange aussah. Ich fing an, den Boden zu fegen. Ich schob die einzelnen Borsten in die Spalten zwischen den Holzbohlen, damit ich auch noch das kleinste Stück erwischte. Mama war ganz konzentriert. Ein intensiver Geruch nach Holz lag in der Luft. Als sie die Maschine abgestellt hatte, fuhr sie mit den Fingern übers Holz und drehte sich dann zu mir um.

«Bringst du mir das Dingsbums da, Schatz?», fragte sie. Sie zeigte auf die Schleifmaschine. Ich lief hinüber und holte sie. Sie war nicht schwer.

«Steck den Stecker da rein, bitte.»

Ein kleiner Funken sprang aus der Wand, blau wie ein Blitz.

Wir hatten eine komplette Stange geschafft, aber Mama sagte, es sei zu spät, wir würden am nächsten Abend weitermachen. Wir setzten rückwärts mit dem Traktor hinaus, ließen ihn im Hof, wo er vorher gestanden hatte, und verriegelten das Tor. Mama harkte den Schnee, um die Fuß- und Reifenspuren zu verwischen. Im Haus verriet ich Mama, wie man lautlos die Treppe hochging. Man musste sich links halten, bei der siebten Stufe das Knarren umgehen, bei der elften sehr leicht auftreten und die vierzehnte ganz auslassen.

Mama wusch sich die Hände im Waschbecken, damit Daddy das Holz nicht roch, und dann ging sie zu ihm, um ihn zu wecken und umzudrehen, damit er sich nicht wund lag.

Ich hörte, wie Daddy sagte: «Du hast ja ganz kalte Hände.»

Sie hustete und sagte: «Ich war gerade draußen, um nach dem Wetter zu sehen.»

«Und?»

«Gott sei Dank ist der Sturm vorbei.»

«Ach?», sagte Daddy, und dann hörte ich, wie sie ihn auf die andere Seite wälzte.

Das macht sie sechsmal am Tag. Zuerst schiebt sie die Hände unter seine Beine und stützt sie mit einem Kissen ab. Dann legt sie ihm eine Hand unter den Rücken und rollt ihn herum. Beim ersten Mal hat er gestöhnt. Er hat laut geflucht, und bis er sich beruhigt hatte, musste Mama ihn festhalten und auf ihn einreden: «Ruhig, ganz ruhig, ist ja gut, alles gut, mein Schatz.» Danach sind wir alle zu ihm ins Zimmer gegangen, haben uns auf sein Bett gesetzt und lange Gebete gesprochen, und Daddy sagte, das Geschrei täte ihm Leid, der Teufel sei ihm in die Kehle gefahren.

Jetzt schreit er nicht mehr. Er beißt bloß die Zähne zusammen und starrt an die Wand.

Einmal, als Mama ihn herumrollte, sahen meine Brüder und ich, wie ihm der Schwanz aus der Pyjamahose fiel. Paulie fing an zu lachen, dann ich und dann Roger. Daddy sah uns an und sagte: «Raus hier, Jungs.» Mama packte seinen Schwanz wieder ein und zog den Gummizug fest.

An dem Tag, als es Daddy erwischte, fiel er zwischen zwei Sägeböcke. Meine Brüder und ich spielten gerade Verstecken im Hof. Roger fand ihn und rief, wir sollten sofort zum Sägewerk kommen, und ich rannte, so schnell ich konnte. Daddy lag mit weit aufgerissenen Augen da. Er hielt ein Stück Schmirgelpapier in der Hand, und sein Haar war voller Sägemehl. Er wollte sich bewegen, doch er konnte nicht.

Er war gerade dabei gewesen, Stühle zu machen, als es passierte. Daddy machte die schönsten Stühle von ganz Großbritannien. Jeder, sagte Mama, wäre stolz, auf einem seiner Stühle sitzen zu dürfen. Die seien der königlichen Familie angemessen und sogar der Königin höchstpersönlich. Früher fertigte Daddy auch Kommoden an, und manchmal schweißte er sogar die kleinen Messinggriffe selber zusammen, in der kleinen Schmiede hinter der Werkstatt. Es waren Kommoden aus Mahagoni, dem teuersten Holz, und sie wurden nur auf Sonderbestellung von einem Mann aus Belfast angefertigt. Jedes Mal wenn Daddy eine Kommode verkauft hatte, nahm er uns mit in die Stadt und spendierte uns Eiscreme und rote Limonade. Manchmal schlingerte er zum Spaß auf der Fahrbahnmarkierung hin und her.

Daddy hat sogar die Bänke in unserer Kirche geschreinert. Er meinte, jeder sollte sein Teil für Gott beitragen. Unser Nachbar, Mr. McCracken, sagte, die Bänke würden die katholische Kirche beschämen, aber Daddy sagte, in keiner Kirche müsse man sich schämen, ob billiges oder teures Holz, alle blickten in dieselbe Richtung.

Reverend Banks sagte in einer Predigt, dies sei ein großes Werk des Herrn, und an dem Tag klopften alle Männer Daddy auf die Schulter, und er ging stolz und aufrecht hinaus.

Er war so groß, dass er den Torrahmen im Sägewerk greifen und sich zehnmal hochziehen konnte. Den ganzen Tag arbeitete er dort, vom letzten Stern bis zum ersten, und Mama brachte ihm Butterbrote raus und am Abend manchmal eine Dose Bier.

Wenn er einen Stuhl fertig hatte, probierte sie ihn immer für ihn aus. Einmal, im Sommer, sah ich, wie sie vor der Werkstatt auf einem Holzstuhl stand, sich in die Luft reckte und lachte. Daddy stand neben ihr und lächelte. So hatte er oft gelächelt. Er hatte schöne weiße Zähne.

Der Arzt sagte, es sei ein Schlaganfall, und als Daddy versuchte zu sprechen, schaffte er es nicht. Lange Zeit waren seine Wörter ganz durcheinander, als hätte er zu viel davon im Mund. Manchmal starrte er seine Hände an, als wenn sie jemand anders gehörten.

Mama zog in mein Zimmer, weil Daddy nicht richtig schlafen konnte, und ich zog zu meinen Brüdern.

Das Schlimmste waren seine Hände, weil er seine Bibel nicht mehr umblättern konnte, aber Mama hatte

. . . .

eine Idee. Sie holte ihre Schminktasche und steckte Haarnadeln auf seine Lieblingsseiten, sodass sie oben rausguckten. So konnte Daddy mit dem Handrücken die Haarnadeln schieben, und da war er glücklich, auch wenn das Lächeln ihm Mühe machte.

Wenn man es nicht kennt, könnte man bei Daddys Gesicht auf die Idee kommen, dass er wütend ist, wenn er in Wirklichkeit lächelt. Aber das ist wie ein spezielles Passwort, die Art, wie sein Mund sich verzieht.

Jeden Abend war es so, als würden wir einen Geheimtunnel graben. Ich war noch nie so spät aufgeblieben. Wir zersägten die Stämme, bis sie dünn waren, glätteten sie und rundeten sie oben ein bisschen ab, sodass sie wie die Vorderseiten von Treppengeländern aussahen. Dann trugen wir mit Pinseln die Imprägnierung auf und sogar etwas Politur, damit die Stangen schön dunkelbraun aussahen.

Wir brauchten das ganze Petroleum auf, und wir mussten schnell arbeiten, schon um unsere Finger warm zu halten. Mama gab mir ein Paar Handschuhe, Daddys alte. Sie waren gelb, und ich dachte an die weißen Handschuhe der Marschierer. In meiner Vorstellung sah ich, wie sie mit ihren schönen Handschuhen die Stangen hielten, und die großen glänzenden Buttons an ihren Mänteln.

Wir schafften vier Stangen in der zweiten Nacht und sieben in der dritten. Wir wurden so schnell, dass

. . . .

wir in der vierten Nacht zwölf schafften. Sie wurden immer besser. Die kleinen Rundungen an der Spitze waren perfekt.

Am letzten Abend wurden wir ziemlich früh fertig. Wir stapelten die vierzig Stangen in der Ecke beim Tor. Sie lehnten da beieinander wie ein großer glatter Wald.

Mama fuhr mit den Fingern über ein paar Stangen, und als sie sich einen Splitter holte, sagte sie: «Scheibenkleister.»

Sie schmirgelte die Stange nochmal ab, und dann gingen wir über den Hof. Sie saugte das bisschen Blut von ihrem Finger. Es war spät. Millionen von Sternen standen am Himmel, und der Mond war noch kleiner geworden. Der Schnee war weggeschmolzen, und der Boden war schlammig.

An der Haustür streiften wir unsere Stiefel ab, und dann aßen wir in der Küche Brot mit Butter und Aprikosenmarmelade.

Mama nahm ein Bad, und ich ging in mein Zimmer. Meine Brüder schliefen längst. Sie atmeten unterschiedlich schnell, und so, wie sie sich bewegten, sahen sie ein bisschen wie eine Raupe aus. Ich überlegte, wie es wäre, sie zu zerdrücken.

Ich konnte nicht richtig schlafen. Ich wälzte mich hin und her, und dann musste ich Roger beim Einschlafen helfen, weil er angefangen hatte zu weinen. Ich ging runter, um ihm heiße Milch zu bringen, aber in der Silberkanne war keine mehr. Mama saß da, den Kopf in die Hände gestützt, und sie bemerkte mich

· · · · · · ·

erst, als ich den Deckel der Kanne mit lautem Gepolter fallen ließ. Sie zog mich zu sich heran und gab mir einen dicken Kuss auf den Kopf, wobei ich mir albern vorkam.

Ich ging wieder hoch und mied die knarrenden Stellen.

Roger weinte, als er hörte, dass es keine Milch gab, aber dann schlief er doch ein, und sie atmeten wieder wie eine Raupe.

Ich zog mir die Decke über den Kopf und baute mir darunter einen Tunnel. Ich fragte mich, wie es wohl wäre, einmal dabei zu sein, die Männer mit ihren Melonen zu sehen, die die Stangen durch die Straßen trugen. Jede Menge jubelnder Leute mit Pfeifen und Trommeln, Eiswagen, wo kostenlos Schoko-Eis ausgegeben wurde. Die Menschenmenge würde sich auf die Zehenspitzen stellen und sagen: «Oh, seht doch, sind das nicht tolle Stangen, sind die nicht wunderschön?»

Als ich aufwachte, war es noch dunkel, so wie immer im Winter. Es wehte ein starker Wind.

Mama stand schon fertig angezogen auf dem Treppenabsatz.

Wir gingen in Daddys Zimmer und machten die Tür hinter uns zu. Er hatte die Bibel aufgeschlagen auf der Brust liegen. Die Haarnadeln guckten raus. Sie putzte ihm die Zähne, er spuckte in die Bettpfanne, und dann sagte sie ihm, ich sei ganz versessen darauf, ihn zu rasieren, ob das in Ordnung sei?

· · · · · · ·

Daddy sagte, er habe nichts dagegen, solange ich ihm nicht das Gesicht zerhacke. Er schaffte es gerade so, die Worte richtig rauszubringen. «Prima», sagte ich.

Ich rannte hinunter und machte in der Küche Wasser heiß, und dann holte ich das weiße Becken, das aus altem Porzellan. Seife und Rasiermesser waren unterm Waschbecken. Die Handtücher und der Waschlappen lagen schon zusammengefaltet auf dem Tisch.

Ich warf schnell einen Blick aus dem Fenster. Mama hatte die Stangen schon mitten im Hof aufgestapelt und hielt nach dem Lieferwagen Ausschau, der sie abholen sollte.

Ich legte das Rasiermesser auf die Schale und trug die Sachen aus der Küche. Jetzt achtete ich nicht mehr auf die Treppe. Ich trat sogar fester auf, damit er mich hörte. Er erwartete mich schon. Er roch ein bisschen so, als könnte er mal wieder ein Bad vertragen. Ich stellte das Radio an, das am Bett stand, und drehte es ein bisschen auf, so, wie Mama es mir aufgetragen hatte. Es kamen gerade Nachrichten, irgendwas über Warteschlangen an den Tankstellen.

Daddy saß im Bett, mit den Kissen im Rücken. Ich legte ihm ein Handtuch hinter den Kopf, und er lächelte mich auf seine komische Art an.

Er fragte: «Hast du das Wasser auch schön warm gemacht?»

Ich nickte, tauchte den Waschlappen in die Schale und benetzte die eine Gesichtshälfte. Ich lauschte angestrengt über das Radio hinweg auf die Anfahrt des

. . . .

Lieferwagens. Draußen wehte bloß der Wind. Als sein Gesicht nass war, schäumte ich die Seife auf und versuchte, sie gleichmäßig zu verteilen. Meine Hände zitterten ein bisschen.

Im Radio kam jetzt Werbung.

Ich hatte sein Gesicht eingeseift, und dann nahm ich das Rasiermesser – Daddy nannte es Barbiermesser – und fing so an, wie ich es bei Mama gesehen hatte, unten am Hals, wo er diese ganzen winzigen Huckel hat. Er machte die Augen zu, so wie immer. Die Klinge bewegte sich ganz langsam. Ich wollte ihn nicht schneiden, aber er sagte mir, ich könne ruhig schneller machen, die Rasur sei besser, wenn es zügig geht.

«Irgendwann machst du es bei dir selber, mein Junge», sagte er.

Ich hörte, wie nebenan meine Brüder aufstanden. Sie brüllten und lachten und bewarfen sich mit Kissen.

Als sich Daddy kurz bewegte, kam Schaum aufs Kissen. Ich wischte ihn weg, dann nahm ich mir die Koteletten vor. Seine Augen waren noch immer geschlossen. Ich wechselte schnell zur linken Gesichtshälfte über.

«Gut so», sagte er.

Ich betete, dass der Wagen endlich kam. Im Radio spielte jetzt Musik, und Daddy sagte, ich solle sie ausmachen, aber ich tat so, als hätte ich ihn nicht gehört, und rasierte einfach weiter. Die schwarzen und grauen Haare bildeten mit dem Schaum zusammen witzige

. . . .

kleine Muster auf der Klinge. Ich wischte sie vorsichtig am Handtuchzipfel ab.

Er sagte: «Mach das Radio aus.»

Ich sagte: «Ach bitte, Daddy.»

«Wirst du endlich auf deinen Vater hören», sagte er. «Stell sofort dieses Gedudel ab.»

Ich lehnte mich hinüber und machte das Radio aus. In dem Moment hörte ich den Wagen in der Einfahrt, und er hörte ihn auch. Er bog in den Hof ein und fuhr schmatzend durch die Pfützen.

Ich sah an Daddys Stirn, dass er sich fragte, was das draußen sein konnte. Ich meinte, es sei wahrscheinlich der Postbote, der ein bisschen früh dran war, dann guckte ich aus dem Fenster und sagte: «Ja, ein roter Wagen, muss die Post sein.» In Wirklichkeit war es ein blauer Wagen. Ich schaltete das Radio wieder ein, damit er keine Geräusche hörte, nicht das Schlagen von Türen oder wie Stangen aufgeladen wurden oder sonst irgendeinen Lärm. Doch sofort befahl er mir, das Radio wieder auszumachen, ohne Wenn und Aber.

Ich fing an, ihm das Kinn zu rasieren, dann wanderte ich zu seinem Schnurrbart hoch, und ich dachte, ich hätte mir die Hände gründlicher waschen sollen, denn vielleicht war noch der Geruch von Holz und Imprägniermittel an meinen Fingern.

Meine Hände zitterten stärker.

Die Klinge stieß an seine Oberlippe, aber es kam kein Blut. Er hatte die Augen geschlossen und sah aus, als würde er über etwas ganz intensiv nachdenken.

. . . .

«Die sind aber sehr früh dran», sagte er.

«Ja.»

«So früh habe ich sie noch nie kommen hören.»

Die Türen des Lieferwagens wurden mit einem lauten Knall zugeschlagen, und ich hustete laut. Daddy drückte den Rücken in die Kissen und sagte, es müsse irgendein Päckchen sein, aber es sei ihm völlig schleierhaft, wer uns ein Päckchen schicken könnte.

«Keine Ahnung, Daddy», sagte ich.

Er bat mich, ihm die Hand zu führen, damit er sich übers Gesicht streichen konnte. Wir begannen am Hals, dann fuhren wir über die Wangen, die Koteletten, zum Kinn runter, und dann half ich ihm, die kleine Einbuchtung zwischen Kinn und Mund zu berühren.

«Du hast was ausgelassen», sagte er zu mir.

«Soll ich's rasieren?»

«Nein, lauf runter und sieh nach dem Päckchen.»

Ich stürzte hinunter. Mama stand noch immer im Hof, als ich rauskam. Ihr Haar wehte seitlich im Wind. Sie hatte das Geld in ihre Schürze gesteckt, kaute auf der Unterlippe und starrte die Einfahrt hinunter. Der Lieferwagen war verschwunden. Meine Brüder machten oben das Fenster auf und brüllten irgendwas runter, aber ich verstand sie nicht.

«Mama», sagte ich.

«Ja?»

«Er glaubt, dass ein Päckchen gekommen ist.»

Mama drehte sich um und überquerte den Hof. Sie tippelte durch die Pfützen, und das Wasser platschte unter ihren Füßen. Es spritzte hoch und berührte ihren Rocksaum.

Ich sah die Eichen hinter dem Sägewerk. Sie spielten verrückt im Wind. Die Stämme waren groß und schwer und dick, aber die Äste schlugen sich wie Menschen.

Hungerstreik

·······

DER JUNGE STAND auf dem Hügel über der Stadt. Er beobachtete die beiden alten Leute, wie sie den gelben Kajak aus dem Haus holten. Sie luden ihn mühsam auf ihre Schultern und trugen ihn gemeinsam zum Pier.

Die Frau ging hinten. Der Mann hielt sich etwas gebeugt, war aber immer noch gut dreißig Zentimeter größer als sie. Obwohl sie das Boot so hoch über ihrem Kopf hielt, wie sie nur konnte, fiel es nach hinten ab. Ihre Köpfe waren im Schatten verborgen, als sie mit kleinen Schritten die geteerte Straße entlanggingen. Die Paddel trugen sie zwischen sich auf den Schultern. Der Mann und die Frau waren wie ein seltsames, schönes Insekt. Als sie am Ende des Piers angekommen waren, setzten sie den Kajak ab und machten sich daran, ihn zu Wasser zu lassen.

Weil Ebbe war, benutzten sie dazu Seile, und als das Boot auf dem Wasser aufsetzte, machte es kaum Wellen. Sie blieben noch einen Augenblick stehen und redeten miteinander, und die Sonne schien durch ihre Kleider und gab ihren Körpern Konturen.

. . . .

Sie war zaundürr, und er hatte einen Schmerbauch.

Der alte Mann machte eine Geste zum Meer hin, drehte sich um und hielt sich beim Hinabsteigen an den rostigen Leitersprossen fest. Trotz seiner Langsamkeit war er behände. Er setzte sich gewandt ins Boot und brachte es mit dem Paddel ins Gleichgewicht. Die Frau folgte ihm zögernd. Der Wind wirbelte den Saum ihres Kleides hoch, und der alte Mann strich ihr über die Waden. Sie sah sich um und schien kurz aufzulachen, als er sie von der Leiter in das Mannloch dirigierte. Als sie den Fuß hineinsetzte, sah es so aus, als hätte das Boot einen Schluckauf.

Sie trugen keine Schwimmwesten, aber der Mann hantierte mit einem Spritzschutz, den er sorgfältig am Rand des Mannlochs befestigte. Er stieß mit dem Paddel von der Kaimauer ab, und das Boot trieb hinaus in den Hafen. Sein Paddel tauchte ins Wasser und machte kleine Wellen, die längst wieder verschwunden waren, als die Frau ihr Paddel ebenfalls eintauchte, diesmal zugleich mit ihm.

Der Kajak glitt aus dem Hafen, und der Blick des Jungen folgte den beiden, bis sie das offene Meer erreicht hatten, den Kurs änderten und in südlicher Richtung an der Landzunge entlangfuhren – ein leuchtend gelber Fleck auf dem grauen Stoff des Meers.

Dies war also die kleine Stadt in Galway, in der seine Mutter früher die Sommer verbracht hatte: Sonne, Türmchen, grüne Briefkästen, der schrille Beifall der

Möwen, die Berge, die sich in der Ferne aneinander reihten wie ein Geschenk der Schlichtheit.

Er zog noch ein Hemd an – es hatte seinem Vater gehört –, und darin war genug Platz für noch einen Jungen. Er krempelte die Ärmel hoch und knetete den Kragen, damit es nicht gebügelt aussah. Seine Mutter schlief noch. Ihre Brust hob und senkte sich. Die Haare waren ihr ins Gesicht gefallen, und einige Strähnen bewegten sich im Rhythmus des Atems auf und wieder ab. Die Schuhe in der Hand, ging der Junge über den Linoleumboden, und als er die Tür öffnete, tat er es schnell, damit sie nicht quietschte.

Draußen löste der Wind die letzten Regenspritzer auf.

Auf den Stufen aus Hohlbetonsteinen zog er sich die Schuhe an und sah aufs Meer hinaus. Der graue Horizont verlor sich im grauen Himmel, sodass er nicht wusste, wo der Himmel begann und das Meer aufhörte. Ein einziges Fischerboot durchbrach die Weite.

Auf dem Weg trat er nach ein paar Steinen. Er trug eine enge schwarze Jeans, die er hoch auf die Hüfte gezogen hatte; weiße Socken über schwarzen Schuhen wurden sichtbar. Die Schuhe hatte der Junge nicht geputzt, seit er sie gekauft hatte, und sie waren inzwischen stumpf wie dunkles Eis.

Er folgte dem Weg, der sich matschig den Hang hinabschlängelte, und hielt sich dabei an Zweigen fest, bis er auf die Hauptstraße stieß, die in die Stadt führte. Sie war immer noch schmaler als die meisten anderen Straßen, die er kannte. Zu Hause, in Derry, hatte er nie herumlaufen dürfen, aber seine Mutter hatte gesagt, diese Stadt sei sicher, sie kenne hier jede Ecke und jeden Winkel, es sei ein harmloser Ort.

Der Regen hatte das Gras zu beiden Seiten der Straße wuchern lassen. Er kam am Friedhof vorbei, wo jemand eine kleine Muttergottes aus Porzellan neben einen Grabstein gestellt hatte. Der Junge ging über den Friedhof und klopfte auf die Hemdtasche, in der eine fast leere Zigarettenschachtel war. Er hatte sie aus der Handtasche seiner Mutter gestohlen. Im Schutz der Jacke zündete er eine Zigarette an, und dann spuckte er vor einem Kruzifix aus. Er spürte, wie ihm eine plötzliche Scham in die Wangen schoss, doch er spuckte noch vor einem anderen Grabstein aus und ging weiter. Er war dreizehn, und es war die vierte Zigarette seines Lebens. Sie schmeckte grausam und herrlich und machte ihn schwindlig. Er rauchte sie bis zum Filter und schnippte sie dann mit Daumen und Zeigefinger hoch über die Friedhofsmauer. Rot kreiselnd flog sie durch die Luft, und er spürte ihren Nachgeschmack wie morgendlichen Atem auf der Zunge, als er über den Friedhof ging, vorbei an all den seltsamen Kränzen und Statuen und Inschriften. Er las die Namen und Daten auf den Grabsteinen. Viele standen in hohem Gras und waren mit Flechten bewachsen.

Auf einem der Grabsteine entdeckte er ein leeres Bierglas mit Lippenstift am Rand, und als er genauer

. . . .

hinsah, stellte er fest, dass es das Grab eines jungen Mannes war, der nicht viel älter gewesen war als er selbst.

«Dumm gelaufen», sagte er zu dem Grabstein.

Er drehte sich um, sprang am Zauntritt über die Mauer und stand wieder auf der Straße. Sie hatte keine Markierungen, aber er balancierte auf einer imaginären weißen Linie, die sich um die Kurven wand und einmal eine Schleife beschrieb, sodass er dachte, er würde vielleicht sich selbst begegnen.

Ein Wagen fuhr an ihm vorbei und hupte, und der Junge war sich nicht sicher, ob es ein Gruß oder eine Warnung gewesen war. Er winkte schwach zurück und ging auf dem grasbewachsenen Rand der Straße, die sich den Hügel hinunter zur Stadt wand. Am Ortsschild, auf dem der Name der Stadt in zwei Sprachen stand, blieb er stehen. Der englische Name bestand aus einem Wort, der gälische aus zwei Wörtern, und er sah keine Verbindung zwischen ihnen. Er drehte und wendete die Wörter, doch sie passten einfach nicht zueinander.

Ein paar Männer standen dumpf und böse vor einem Pub am Fuße des Hügels. Der Junge nickte ihnen zu, aber sie zeigten keine Reaktion.

«Wie geht's?», sagte er flüsternd zu niemandem.

Klasse. Und selbst?

Alles klar.

Er sagte sich, dass er das Hemd des Alleinseins trug, und diese Vorstellung gefiel ihm. Er hüllte sich in dieses Hemd und wanderte stundenlang herum, vorbei an unbelebt wirkenden Geschäften, einer mit Brettern vernagelten Schmiede, einem leeren Handballfeld und einer Reihe kalkfarbener Bungalows und schließlich wieder zurück zur Stadtmitte, wo er vor einem kleinen Spielsalon stehen blieb, aus dem grobe, blecherne Geräusche drangen.

«Dies ist ein Überfall», sagte er zu einem der Automaten.

Er zog eine Zigarette aus der Hemdtasche, ohne das Päckchen hervorzuholen – so wie es sein Onkel früher vielleicht getan hatte –, hielt sie unangezündet zwischen den Lippen und spielte ein Videospiel. Die Zigarette hüpfte auf und ab, als er die Raumschiffe der Invasoren verfluchte. Vor Monaten hatte er damit begonnen, auf einen seiner Finger ein Wort zu tätowieren, hatte jedoch nicht weitergemacht, weil er nicht genau wusste, wie das Wort lauten sollte. Jetzt sah man nur einen einzigen Strich auf dem Zeigefinger, wo er sich immer wieder mit einer heißen Nadel gestochen und blaue Tinte in die Löcher gerieben hatte.

Der tätowierte Finger hämmerte auf einen Knopf des Apparates, und mitten im dritten Spiel drehte der Junge sich einfach um, trat auf die Straße und ging in Richtung Pier.

Draußen auf dem Wasser steuerte der gelbe Kajak wieder auf den Hafen zu. Das alte Paar bewegte die Paddel sicher und gewandt. Die Blätter durchschnitten im Gleichtakt die Luft und blitzten in der Sonne. Möwen flogen über und hinter dem Kajak auf der Suche nach Fisch, wie der Junge annahm. Er fand, dass die Vögel Hunger leicht aussehen ließen.

Seine Mutter hatte zu ihm gesagt: «Sag nicht ‹echt›. Sag nicht ‹echt›.» Die Sprache habe Landschaften, und ihrer beider Akzent könne im Augenblick eine gefährliche Neugier erregen. Er sagte sich, dass er ein Junge aus zwei Ländern war, mit den Händen in der Dunkelheit zweier leerer Taschen. Er ging weiter bis zum Pier und sagte immer wieder «echt» vor sich hin, bis das Wort jede Bedeutung verloren hatte. Es hätte ein Poller sein können oder ein Seil oder eine Straße oder sogar etwas, das Freude bereitete.

«Echt», schrie er und rannte den leeren Strand entlang. «Echt.»

In jener ersten Nacht schwankte und stöhnte der Wohnwagen kontrapunktisch unter dem Heulen des Windes, der vom Meer kam. Der Wohnwagen war auf Steinen aufgebockt, hundert Meter von der Klippe entfernt, und an beiden Enden mit Ketten gesichert. Als sie das Licht anschalteten, dachte der Junge, dass das Ding von weitem wahrscheinlich wie ein trauriger, nutzloser Leuchtturm aussah.

«Es ist blöd hier», sagte er.

Seine Mutter, die am Ofen stand, drehte sich um und sagte: «Ach, du wirst sehen, es ist gar nicht so schlecht. Irgendwann willst du gar nicht mehr von hier weg.»

«Hast du was gehört?»

«Nein, noch nichts.»

Der Wind wisperte durch die Türritzen und brachte den Geruch von Salzwasser mit. Der Junge holte sein schwarzes Taschenmesser hervor, legte es auf den Resopaltisch, klappte es auf und prüfte die Schärfe der Klinge, indem er ein paar Haare auf seinem Unterarm abrasierte. Er schabte mit der Schneide über die Haut und fragte sich, was wohl passieren würde, wenn er versuchte, eine Sommersprosse herauszuschälen. Mit der Messerspitze kratzte er daran, bis er einen stechenden Schmerz spürte und dachte, er habe sich geschnitten. Er saugte an der Stelle und schmeckte nichts, und da kein Blut kam, war er enttäuscht über den kindischen Schmerz.

Als er aufsah, hatte seine Mutter den Teller mit Toast und Bohnen bereits vor ihn auf den Tisch gestellt.

Der Junge schob das Taschenmesser über den Teller, sodass es zwischen den Bohnen eintauchte, und fand, dass es wie ein absurder Kajak in einem roten Meer aussah. Er hob es hoch, leckte den Griff ab und begann, einzelne Bohnen aufzuspießen. Sie zerbrachen unter dem Gewicht des Messers, bis er merkte, dass er die Spitze nur ganz vorsichtig hineinstoßen durfte. Er hielt die aufgespießten Bohnen hoch, starrte sie an und aß keinen Bissen.

. . . .

Seine Mutter setzte sich, schenkte zwei Becher Tee ein und begann, mit gespielter Gleichgültigkeit zu essen.

Durch den Dampf, der von den Bechern aufstieg, verschwamm ihr Gesicht wie in einem Rummelplatzspiegel. Er blies auf seinen Teller Bohnen.

«Ist es zu heiß, Schatz?», fragte sie.

«Nein.»

«Es ist dein Lieblingsessen.»

«Ich hab keinen Hunger.»

«Du hast doch den ganzen Tag noch nichts gegessen. Ich wette, du könntest die ganze Portion in, na, zwei Minuten essen. Vielleicht sogar schneller.»

«Weißt du was?», sagte er. Seine Stimme war schrill. «Es ist total blöd hier.»

Sie schloss kurz die Augen, dann sah sie aus dem Fenster. Der Junge zerschnitt die Bohnen und spießte dann den Toast auf, der inzwischen aufgeweicht war. Er hob die Scheibe hoch. Die Mitte brach heraus, und es kam ihm vor, als hätte das Brot sein Herz verloren. Es fiel auf den Teller, und ein paar kleine Spritzer Tomatensauce landeten auf dem Tisch. Seine Mutter wischte sie mit dem Finger auf und seufzte.

«Lass uns Schach spielen», sagte sie.

«Das kann ich nicht.»

«Ich hab's dir mal beigebracht, als du krank warst. Als du Windpocken hattest und zu Hause bleiben musstest. Damals hat es dir großen Spaß gemacht.»

«Daran kann ich mich nicht erinnern.»

«Das Schachspiel ist unter deinem Bett.»

«Das ist nicht mein Bett.»

«Lass uns trotzdem spielen», sagte sie. «Ich bring's dir bei.»

«Ich will nicht.»

«Dein Vater war ein guter Spieler. Einer der besten.»

Der Junge schob seinen Teller fort und sagte nichts. Er sah, wie seine Mutter in ihren Becher starrte, und bemerkte eine Träne im Winkel ihres linken Auges. Sie blinzelte und wischte sie mit dem Rockzipfel ab, und dann stand sie auf und ging die vier Schritte bis zu seinem Bett, das tagsüber als Sofa diente. Darunter war ein Einbauschrank. Sie riss die Tür auf, und es erschien dem Jungen, als öffnete sie die Seitenwand eines Sarges.

Eine Staubwolke hüllte sie ein, und sie hob eine Hand vor die Augen und hustete. Dann kam sie zurück zum Tisch. Die Schachtel mit den Schachfiguren war mit spröde gewordenem Klebeband verschlossen, das sie mit den Zinken ihrer Gabel durchstieß. Sie nahm eine Figur nach der anderen aus der Schachtel, stellte sie auf den Tisch und nannte sie bei ihrem Namen: König, Königin, Turm, Springer, Läufer, Bauern.

«Diese Figuren finde ich echt doof», sagte er.

Sie starrte ihn an und wollte seinen Teller abräumen, um Platz für das Schachbrett zu schaffen, aber er hielt den Teller am Rand fest und sagte laut: «Nein.»

Es herrschte Schweigen im Wohnwagen, bis seine

· · · · · · ·

Mutter sich ein halbes Lächeln abzwang und sagte, dann werde sie eben allein spielen. Sie ließ das Brett über die Tischkante hinausragen, sodass es wie ein Felsvorsprung wirkte. Dann stellte sie die weißen Figuren am Rand des Bretts auf, dicht vor ihrem Bauch, und der Junge fühlte sich an eine biblische Geschichte erinnert, in der Tiere über den Rand einer Klippe getrieben wurden.

Sie streckte die Hand aus, bewegte einen ihrer Bauern und zog den gegenüberliegenden Bauern um zwei Felder vor. Sie summte ganz leise vor sich hin. Bald waren die Figuren über das ganze Brett verteilt.

«Schach!», sagte seine Mutter zu sich selbst.

Der Junge gab sich große Mühe, sie zu ignorieren, aber das war nicht einfach. Er stocherte auf seinem Teller herum und betrachtete das aufgeweichte Brotherz. Anfangs gelangweilt, schob er den Klumpen mit der Klinge in der Sauce herum, bis er Gestalt annahm. Er zerdrückte die Scheibe und sah, was er daraus machen konnte. Sein Herz tat einen Sprung – sein Vater, ein Schreiner, hatte ihm mal gesagt, ein Mann könne aus allem alles machen, wenn er nur wolle. Der Junge begann, das Brot zu formen. Er schob es mit der Messerspitze auf dem Teller hin und her, und es saugte noch mehr Sauce auf und nahm eine erkennbare Gestalt an. Er beugte sich tief über den Teller und hörte, wie seine Mutter ihn fragte, was er da mache.

«Nichts», sagte er.

Er dachte an seinen Onkel im Gefängnis: die Einzelzelle, die Dunkelheit draußen, das Geräusch von Stiefeln auf dem Laufgang aus Stahl, die in die Wand geritzten Striche, mit denen er die Tage zählte.

Er ließ das Messer fallen und begann, den Klumpen mit den Fingern zu kneten.

Am späten Abend, als sie sich schwerfällig vom Sofa erhob, saß er noch am Tisch und hatte eine Schachfigur geformt, einen Springer. Er war kantig und rot von der Tomatensauce, in die er getaucht worden war. Sie zog ihren Stuhl zum Tisch und lächelte ihn an, als er die Augen niederschlug. Dann nahm sie das modellierte Stück Brot in die Hand, lächelte wieder, legte die Hand auf seine Schulter und sagte: «Das sieht lecker aus.»

«Das ist nicht zum Essen, Mama», sagte er.

Als er am nächsten Morgen vor der grünen Telefonzelle am Pier wartete, bekam er Gewissheit. Seine Mutter hängte den Hörer auf und öffnete die Tür. Die Türangel quietschte – es klang wie eine Totenklage –, und als sie hinaustrat, war in ihrem Gesicht eine solche Traurigkeit, dass sie aussah, als kehrte sie von einer Reise zurück, auf der sie die Nachricht von ihrem eigenen Tod erhalten hatte.

«Er ist dabei», sagte sie.

Der Junge antwortete nicht. Sie wollte ihn in die Arme nehmen, aber er wich ihr aus.

«Ich gehe nicht zurück», sagte seine Mutter. «Sie wollen, dass ich komme, aber ich gehe nicht zurück.»

«Ich gehe zurück», sagte der Junge.

«Du bleibst hier bei mir.»

Der Ton ihrer Stimme sagte: Bitte.

Der Junge sagte nichts, sondern sah nur zu, wie seine Mutter die Straße, die am Strand entlangführte, hinauf- und hinunterblickte. Ein paar verloren wirkende Touristen standen mit den Händen in den Taschen da. Ein Mann und eine Frau in mittleren Jahren hoben Liegestühle aus dem Kofferraum eines Wagens, stellten sie bedachtsam im Sand auf und zogen ihre Mäntel fester um sich. Ein anämischer Wolfshund zerrte ein Mädchen hinter sich her. Ein Eiswagen drehte seine Reklamemusik lauter. Seine Mutter schien sich an Dinge aus einer gestaltlosen Vergangenheit zu erinnern, und ihre Augen verrieten, dass sie nicht begriff, wie sie hier gelandet war, in dieser Stadt, auf dieser Straße, auf diesem Küstenfleck vor der Telefonzelle. Schließlich sah sie auf ihren Schatten, der wie eine Pfütze zu ihren Füßen lag, und kratzte mit der Fußspitze über den Boden.

«Komm, wir gehen zurück zum Wohnwagen.»

«Nein», sagte der Junge.

«Wir machen uns einen schönen Tee.»

«Ich will keinen Tee.»

«Komm mit. Wir schütten bergeweise Zucker rein, ruinieren uns die Zähne und singen Lieder bis zum späten Abend. Komm doch mit! Lass uns zurückgehen. Bitte.»

«Wird er sterben, Mama?»

«Natürlich nicht», sagte sie.

«Woher weißt du das?»

«Ich weiß es nicht», antwortete sie leise.

«Vier sind schon tot», sagte er.

«Ja, ich weiß.»

Der Junge starrte über ihre Schulter, biss sich auf die Lippe und ging davon, und sie sah ihm nach. Das Hemd flatterte im Wind, der kalt vom Meer wehte, und sie spürte die Kälte in den Augenwinkeln. Ihr Blick folgte ihm den Pier entlang und den hinteren Hügel hinauf, bis er nur noch ein kleiner weißer, weit entfernter Fleck war.

Der Junge ging eine Stunde lang wie betäubt und fand sich vor einem Stacheldrahtzaun wieder. Auf der anderen Seite standen ein paar mit roter Farbe betupfte Schafe. Er warf mit Steinen nach ihnen, und als sie auseinander liefen, zupfte er an dem Stacheldraht und fragte sich, ob die Schwingungen wohl all die anderen Stacheldrähte erfassten, sodass der Klang von Zaunpfosten zu Zaunpfosten sprang – den ganzen weiten Weg nach Norden bis zu einem gedrungenen grauen Gebäude, dessen Mauern von Stacheldraht gekrönt waren.

«Wichser!», rief er.

Später, als er wieder in der Stadt war, starrte ihm die Schlagzeile vom Kiosk entgegen. Es war eine Zeitung mit einem knalligen Titel, aber ohne Fotos, und es war noch nicht mal die größte Schlagzeile, doch er kaufte die Zeitung trotzdem, riss die erste Seite heraus und steckte sie in die Tasche seiner Jeans. Ihm war, als trüge er seinen Onkel in der Tasche, als könnte sein Onkel da drinnen überleben und wieder hervorkommen, wenn alles vorbei war.

Der Junge sprang über das Geländer am Strand und landete weich auf dem Sand.

Auf den Felsen beim Pier zündete er den Rest der Zeitung an. Das Papier rollte sich ein und verbrannte, und er wärmte sich die Hände am Feuer. Der Rauch trieb ihm die Tränen in die Augen. Er las den Artikel fünfmal und war überrascht, dass sein Onkel erst fünfundzwanzig war. Er war einer von fünf Gefangenen, die in Hungerstreik getreten waren – jeder Tote war bereits ersetzt worden, und der Junge fand es seltsam, dass die Lebenden in die Körper der Toten stiegen. Das Sterben, dachte er, konnte immer weitergehen. Ein Ausdruck aus der Zeitung ging ihm nicht mehr aus dem Kopf: vorsätzliche Tötung. Er fragte sich, was das hieß. Er ließ sich die Worte auf der Zunge zergehen und fand, dass sie wie der Titel eines Films klangen, den er mal im Fernsehen gesehen hatte. Der Junge ließ seinen Onkel für einen Augenblick auf einem Filmplakat erscheinen. Eine Explosion beleuchtete das Gesicht seines Onkels von der Seite, und ein schwarzer Hubschrauber durchschnitt die Luft. Unter dem Kinn seines Onkels rannten Soldaten in wilder Flucht auf den Rand des Plakats zu, und sein Blick folgte ihnen.

Der Junge hatte seinen Onkel nie kennen gelernt – seine Mutter hatte ihn nicht im Gefängnis besucht –,

· · · · · · · ·

aber er hatte Fotos gesehen, und auf denen war sein Gesicht hart und eckig gewesen, mit tiefblauen Augen, gewelltem Haar, buschigen Augenbrauen und einer Narbe, die wie ein Autogramm der Empörung quer unter seiner Nase verlief.

Das war das Gesicht, das der Junge in Erinnerung hatte, auch wenn er wusste, dass es inzwischen bärtig war, dass die Haare lang und schmutzig und lockig geworden waren, dass sein Onkel sich vor dem Hungerstreik wie die anderen in eine Decke gehüllt hatte und dass er einmal in einer Zelle gewesen war, in der die Gefangenen aus Protest ihre Scheiße an die Wände geschmiert hatten. Als der Schmutzprotest ausgerufen worden war, hatte jemand ein Foto aus dem Zellenblock H nach draußen geschmuggelt: Ein Gefangener stand, in eine dunkle Decke gewickelt, am Fenster seiner Zelle, und die Wand hinter ihm war voller Strudelmuster aus Scheiße. Der Junge hatte sich gefragt, wie jemand so leben konnte, mit Scheiße an den Wänden und Pisse auf dem Boden. Die Zellen waren einmal pro Woche von Wärtern mit einem Wasserschlauch gereinigt worden, und dabei war das Bettzeug manchmal so durchnässt worden, dass einige Männer eine Lungenentzündung bekommen hatten. Der Protest hatte nichts gebracht, und so hatten sie ihre Zellen gesäubert und sich für den Hungerstreik entschieden.

Er zerstieß die Asche mit der Fußspitze und steckte den Artikel in die Tasche.

. . . .

Im Gang des Jungen war eine Langsamkeit, bis er den Fuß des Hügels über dem Pier erreicht hatte und ihn hinaufrannte, querfeldein durch Gras und Heidekraut.

Er trat wütend nach dem Heidekraut und schwang die Arme und spuckte in den Himmel, und auf dem Hügel legte er sich hin und vergrub sein Gesicht im Gras. Dort fand er wieder das Gesicht seines Onkels, und es war hart und abgezehrt und sah aus, als gehörte es in irgendeinen Katechismus. Der Bart hing ihm auf die Brust. Er hatte heute Morgen zum ersten Mal das Essen verweigert, und bereits jetzt spannte sich die Haut über den Backenknochen. Der Hunger hatte seine Augen größer gemacht. Als sich der Junge auf den Rücken drehte und wieder in den Himmel sah, dachte er, wenn es wirklich einen Gott gab, dann mochte er Ihn nicht, dann würde er Ihn nie mögen können.

Er fluchte laut, und der Fluch schallte über das Meer – am Horizont zeigte sich der schmutzige Streifen des Sonnenuntergangs –, und das Wasser verschluckte den Fluch. Er versuchte es noch einmal. Scheiß auf Dich, Gott.

Ein Vogelschwarm stieg auf und flog dünn schreiend über ihn hinweg, und er presste sein Gesicht wieder ins Gras und verfluchte seinen Vater, der vor Jahren bei einem Unfall gestorben war und dessen Bruder jetzt auch noch starb.

Der Junge sagte sich, dass der Onkel, den er nie gekannt hatte, alles war, was er je an Onkeln haben würde.

Vor der Apotheke stand eine altmodische Waage, und er stellte sich darauf, aber da er keine Zehn-Penny-Münze hatte, rührte sich der Zeiger nicht.

Er schlug auf das Glas. Dann legte er den Mund an den Geldschlitz, zog einen Klumpen Schleim hoch und spuckte ihn hinein. Ein Angestellter, der Überstunden machte, sah von einem Häufchen Tabletten auf der Theke auf und musterte den Jungen, der den Mund auf die Waage drückte.

Der Junge fuhr plötzlich hoch, schlug die Augen nieder und stieg von der Waage. Der Schleimklumpen hing länglich am Geldschlitz.

Er rannte die Straße hinunter und hatte noch immer den metallischen Geschmack im Mund. Der Verkäufer trat aus der Apotheke und sah dem Jungen nach, der jetzt die Seitenfenster der geparkten Wagen anspuckte und nur einmal stehen blieb und sich umdrehte. Der Junge sah, wie der Verkäufer den Kopf schüttelte und wieder hineinging. Die Glocke läutete, als er die Tür schloss. Der Junge zeigte ihm den gereckten Mittelfinger, drehte sich wieder um und rannte zu dem Hügel auf der Landzunge, wo in einem Fenster ein einziges Licht brannte.

An dem einsamen Wohnwagen angekommen, hatte seine Wut ihn erschöpft, und er ließ es zu, dass seine Mutter ihn in den Arm nahm. Sie legte ihre Hand auf seinen Nacken, und er roch den schwachen Geruch nach Schweiß und Parfüm. Er befreite sich aus ihrer

. . . .

Umarmung, und dann saßen sie schweigend in fast völliger Dunkelheit da, bis sie begann, ihm Schach beizubringen. Anfangs weigerte er sich, doch sie ließ nicht ab, ihm zu zeigen, wie die Figuren sich bewegten: die kleinen Schritte der Bauern, die diagonalen Züge der Läufer, das seltsame Wechselmanöver von König und Turm, das große Vokabular der Königin. Die Regeln fielen ihm wieder ein, und er machte ein paar Züge, ohne lange nachzudenken. Sie korrigierte ihn nicht, und er entspannte sich, und die Härte wich aus seinen Schultern. Er staunte über die Züge, die der Springer machte – so kompliziert und unverfroren. Er probierte dieses Wechselspiel aus und entdeckte in sich selbst eine Beziehung zu dieser Figur: Da war der starke, atmende Körper eines Pferdes und doch auch etwas Menschliches. Er suchte nach einem Wort, das er in der Schule gelernt hatte. Zentaur. Er rollte das Wort im Mund herum.

Er deckte seine Springer lange Zeit und war erbittert, als seine Mutter einen davon mit ihrem Läufer schlug.

Eine Uhr tickte, der Generator summte, und der Junge schmollte.

Schließlich stand sie auf, ging zum Kühlschrank und holte die Figur, die der Junge aus dem Brot gemacht hatte. Sie war im Kühlschrank hart geworden und noch immer rot von der Tomatensauce.

«Hier ist dein Springer», sagte sie.

Er lachte und nahm ihn und biss ein kleines Stück

von einem Ohr ab, bereute jedoch gleich, dass er ihn verstümmelt hatte. Das Brot schmeckte schal, und er schob es mit der Zungenspitze auf die Hand, formte daraus wieder ein Ohr für den Springer und stellte ihn auf das Brett. Ihm fiel auf, dass seine Mutter diesen Springer nie angriff. Um sie auf die Probe zu stellen, brachte er ihn in gefährliche Situationen, doch seine Mutter lächelte nur und ging ihm aus dem Weg. Als das Brett fast leer war, nahm sie plötzlich die Figuren, stellte sie neu auf und gab dabei Acht, dass sie den Springer nicht zerdrückte.

Der Junge nahm seinen Springer in die Hand. Er war weicher geworden, jetzt, da er schon eine ganze Weile nicht mehr im Kühlschrank war, und der Junge musste das kleine abgebissene Stück ständig anfeuchten.

Sie wollte ein neues Spiel anfangen, aber er hustete laut.

«Warum willst du nicht darüber reden?», fragte er sie.

«Ich möchte eben nicht.»

«Das ist blöd. Es ist blöd hier. Ich hasse es hier.»

Seine Mutter seufzte und wickelte eine Strähne ihres Haars um den Finger. Gegen die weißen Hände wirkte das Haar ungewöhnlich schwarz.

«Was heißt ‹politischer Status› überhaupt?»

«Es heißt, dass sie sagen, es ist Krieg. Dass sie Kriegsgefangene sind und auch so behandelt werden wollen. Wenn es kein Krieg ist, sind sie einfach nur Verbrecher.»

«Herrgott, natürlich ist es ein Krieg.»

. . . .

«Thatcher sagt aber, es ist keiner, und darum kriegen sie keinen politischen Status.»

«Die mit den Blechhosen?»

Sie lachte leise. «Ja, die mit den Blechhosen.»

Er bemerkte, dass sie wieder ihren alten nordirischen Akzent hatte, und freute sich. Er hielt die Schachfigur an die Nase und roch daran, roch die Tomatensauce, in die er das Brot getaucht hatte.

«Ich schreibe ihm einen Brief», sagte der Junge.

«Er kriegt keine Briefe.»

«Warum nicht?»

«Das ist eine ihrer Vorschriften.»

«Ich scheiße auf ihre Vorschriften», sagte der Junge. «Ich schreibe ihm einen Brief und schicke ihn an Grandma, und die schmuggelt ihn rein.»

«Und was willst du ihm schreiben?»

«Ich werde ihm schreiben, wie man sich Schachfiguren machen kann.»

«Das würde deinem Onkel gefallen», sagte sie.

«Er könnte das Brot nehmen, das sie ihm geben.»

«Ja.»

«Er könnte es in Wasser aufweichen.»

«Das könnte er, ja.»

«Er hat jede Menge Zeit. Er könnte sich Schachfiguren kneten.»

Sie rutschte ein Stück vor, streckte die Hand aus und strich ganz sacht mit den Fingern über sein Gesicht. Er fuhr sofort zurück. Ihre Hand verharrte in der Luft, und er sah, dass ihre Nägel abgekaut waren.

. . . .

«Das ist nicht gut», sagte er. «Dann kannst du nicht mehr Gitarre spielen.»

«Oh», sagte sie.

Sie war überrascht von seiner Bemerkung und davon, wie alt er klang, und sie zog ihre Hand zurück und wickelte wieder die Haarsträhne um die Finger.

«Kriegst du einen Gig?»

«Was?», fragte sie geistesabwesend.

«Kriegst du einen Gig im Pub?»

«Vielleicht frage ich morgen mal.»

«Bleiben wir wirklich hier?»

«Für eine Weile jedenfalls, vielleicht.»

«Toast und Bohnen hängen mir zum Hals raus.»

Sie verdrehte übertrieben die Augen und sagte: «Es ist blöd hier.»

Verwirrt starrte er sie an, und dann gab sie ihm einen leichten Stoß gegen die Schulter, und sie lächelten.

«Komm», sagte sie, «lass uns noch eins spielen.»

Der Junge stellte die Figuren auf. Seine Mutter zeigte ihm den Schäferzug, und nach der dritten Variante hatte er gelernt, wie er ihn verhindern konnte: mit dem Springer, der wie ein seltsamer und unangreifbarer Blutstropfen über das Brett zog. Das Spiel ging weiter, und immer noch war dieser Springer die einzige Figur, die seine Mutter nicht angriff. Er lernte, wie man Bauern deckte, wann man rochieren musste, wie man vor den stärksten Figuren eine kleine Armee sammelte und dass man die Figur erst loslassen durfte, wenn man sich ganz sicher war.

· · · · · · ·

«Spielt er Schach?»

«Ich weiß es nicht.»

«Ich könnte ihm Briefe darüber schreiben.»

«Ja», sagte sie mit großer Traurigkeit.

«Kann Grandma ihm die Briefe bringen?»

«Wir werden sehen.»

Die Uhr auf dem schmalen Brett über dem Herd tickte mit quälender Unbeirrbarkeit, und der Junge hatte das Gefühl, dass das Ticken immer lauter wurde, je länger die Nacht dauerte.

«Ich wette, er ist ein guter Schachspieler.»

«Vielleicht», sagte sie.

«Hat er mal gegen Daddy gespielt?»

«Vielleicht, als sie jünger waren.»

«Und wer hat gewonnen?»

«Ich weiß es nicht, Schatz.»

«Warum nicht?»

«Ach, Kevin», sagte sie.

«Ich frage ja bloß.»

Seine Mutter ließ ihn ein Spiel gewinnen, und er war wütend, weil es so leicht war. Sie zündete sich eine Zigarette an und blies den Rauch über seinen Kopf hinweg, und er hatte große Lust auf eine Zigarette. Als sie das Schachspiel wegräumte, nahm er ihre Zigarette aus dem Aschenbecher, zog kurz daran und blies den Rauch zwischen seine Knie. Dann wedelte er ihn mit den Händen fort, stand auf und wickelte den roten Springer sorgfältig in das Silberpapier aus ihrer Zigarettenschachtel. Er stellte den Springer ganz hinten in

. . . .

den Kühlschrank, wo es am kältesten war, nahm eine Milchflasche heraus und durchstieß mit dem Finger die Goldfolie. Er setzte die Flasche an und trank einen großen Schluck. Seine Mutter drehte sich um und sah ihn an, während er sich mit dem Ärmel den Mund abwischte.

«Heh», sagte sie.

«Was?»

«Nimm mich mal in den Arm.»

Sie ging auf ihn zu und nahm seine Schultern, aber er entwand sich ihr und ging hinaus. Er hörte sie seufzen. Sie rief seinen Namen, aber er drehte sich nicht um, und sie ging zur Tür des Wohnwagens und sah ihm nach, während er in der Nacht und im leichten Nieselregen verschwand. Sie rief nochmals seinen Namen.

Er zog das Hemd über den Kopf und ging weiter bis zu einer Mauer, die wie eine schlecht verheilte Narbe in Richtung Meer verlief.

Zu Hause hatte es Proteste gegeben, Massen von Menschen, die Porträts hochhielten und Sprechchöre riefen, während sie durch die Straßen marschierten. Einmal ging er mit seiner Mutter hin. Sie nahm seine Hand, und das war ganz in Ordnung, denn er war noch zwölf. Er spürte ihre Nervosität, und sie hielt den Kopf gesenkt und sah auf ihre Füße. Das blaue Kopftuch verdeckte größtenteils ihr Gesicht. Als sie sich einer anderen Frau vorstellte, gebrauchte sie ihren Mäd-

· · · · · · ·

chennamen. Der Junge stieß sie an. Sie beugte sich hinunter und sagte, er solle den Mund halten, oder sie würden auf der Stelle nach Hause gehen. Sie gingen mit dem Demonstrationszug. Seine Mutter war traurig und müde und erinnerte sich an andere Demonstrationen in den sechziger Jahren. Die seien hoffnungsvoller gewesen, sagte sie. Natürlich habe es damals auch Schwierigkeiten gegeben, aber es seien andere Schwierigkeiten gewesen, optimistischer, weniger bedrohlich. Sie sagte, heutzutage schmeckten die Schwierigkeiten bitter.

«Es weiß doch niemand, was ein Bürgerrecht eigentlich ist», sagte sie, und ihre Stimme war schrill, als wäre ihr die Vergangenheit plötzlich entschlüpft und als wäre sie davon überrascht.

Der Junge war zu aufgeregt, um ihr lange zuzuhören. Ihm gefiel das Geräusch der Stimmen rings um ihn her, und er ging mit einer Art prahlerischer Tapferkeit. Er fand ein Plakat für den irischen Freistaat, auf das eine Sturmhaube gemalt war, was dem Land selbst das Gesicht eines Straßenkämpfers zu verleihen schien. Er hob es auf und schwenkte es, bis der Wind es ihm entriss und über die Dächer einer Wohnhausreihe hinwegwehte. Seine Mutter zündete sich nervös ihre Zigaretten an. In der Nähe des Diamond hörten sie die ersten Gerüchte, dass weiter vorne, in den Seitenstraßen, Molotowcocktails geworfen würden. Beim Gedanken an Feuer in Straßen juckte es den Jungen mächtig in den Fingern, doch seine

. . . .

Mutter packte ihn am Ellbogen, und sie kehrten sofort um. Sie zerrte ihn so energisch hinter sich her, dass die Spitzen seiner Schuhe vom Pflaster fast aufgerissen wurden.

Er versuchte, stehen zu bleiben, und zum ersten Mal schlug sie ihn, leicht und auf die Wange. Sie standen vor einem Metzgerladen. Er war ein paar Tage zuvor ausgebrannt, und an den Haken hingen noch einige verkohlte Fleischstücke. Der Junge starrte über ihre Schulter auf das Fleisch, das im Laden hing. Er spürte noch ihren Klaps auf der Wange und begann zu weinen, und sie gingen gemeinsam nach Hause. Sie legte ihren Arm um seine Schultern.

Zu Hause schloss sie die Tür ab, schaltete das Licht aus und weichte wie immer eine Decke in der Badewanne ein, für alle Fälle.

Sie saßen im Dunkeln und lauschten auf die Geräusche auf der Straße.

Er erkannte einen Saracen-Schützenpanzer am Klang der Reifen auf dem Asphalt und die Richtung, in der ein Hubschrauber kreiste, daran, welche Fensterscheiben lauter klirrten, die zur Straße oder die zum Hof. Er zupfte an der Füllung, die aus der Armlehne des Sofas quoll, und schnippte das gelbe, schwammige Zeug heimlich auf den Teppich. Da draußen waren Jungen in seinem Alter und warfen Steine. Er hatte sich eine verächtliche Grimasse angewöhnt, die nur für seine Mutter bestimmt war: Er zog die linke Oberlippe hoch und kniff das linke Auge halb zu. Die Unruhen gingen weiter, Woche um Woche, und die Grimasse verfestigte sich.

Als die Sprecher der in Decken gehüllten Gefangenen begannen, von Hungerstreik zu reden, gab es im Radio alle möglichen Diskussionen. Entkriminalisierung, Straferlass, Absonderung, Kompromisslosigkeit, politischer Status – ihm schwirrte der Kopf von all diesen Worten.

Er dachte, dass Gott ein schwieriger und hinterhältiger Schweinehund sein musste, weil Er den Leuten verschiedene Wörter für ganz normale Sachen gegeben hatte.

Auf dem Kaminsims stand eine kleine Statue des Heiligen Martin von Porres. Seine Mutter sagte im Scherz, sie gefalle ihr, weil sie aussehe wie Al Jolson. Nach dem Beginn des Hungerstreiks stellte sie die Figur weg, und als der Junge sie fragte, warum, gab sie keine Antwort. Er dachte, es habe vielleicht etwas mit Musik zu tun. Sie sang in einer Bar in der Stadtmitte. Als die Unruhen am schlimmsten waren, nahm sie ihn mit dorthin, und er saß auf einem Barhocker neben dem Klavier und machte seine Hausarbeiten. Sie sang von sieben bis zehn. Es war ein ruhiges Lokal, und sie spendierte ihm viele Colas und sang Liebeslieder, die nichts mit Politik zu tun hatten. Sie hatte eine wunderschöne Stimme, und manchmal schien es ihm, als wäre sie durch die vielen Zigaretten noch schöner geworden.

Er sah, wie die Gäste miteinander flüsterten. Sie

sprachen nie laut und vermieden es, einander mit Vornamen anzureden.

Sie beugten sich über ihre Teller. Der Junge hatte das Gefühl, dass auch das Essen etwas war, das unter den Belagerungszustand fiel.

Am Ende des Abends sang sie immer, dass sie ihren Liebsten über den Ozean bringen wollte, aber das Meer war zu groß, und sie konnte nicht schwimmen, und Flügel hatte sie auch nicht.

Jeden Abend fuhren seine Mutter und er mit dem Taxi nach Hause, und dann sah er sie in der Küche sitzen und auf die Hintertür starren. Die Teetasse zitterte in ihrer Hand, und der Rauch der Zigarette, die sie auf die Untertasse gelegt hatte, kräuselte sich in der Luft.

Im Nachthemd übte sie, ohne Licht durchs Haus zu gehen, durch die Küche, durch den Flur, wo sie mit geschlossenen Augen mit den Zehen die Fußmatte berührte und tastend prüfte, ob die Tür verriegelt war, dann, immer noch blind, die Treppe hinauf, ohne das Geländer zu berühren, um die ganze Landschaft des Hauses auswendig zu lernen, bis zum Treppenabsatz, vorbei an den leeren Bücherregalen, ins Badezimmer, wo sie die Decke aus dem Schrank holte. Dann kniete sie, noch immer mit geschlossenen Augen, vor der Badewanne nieder und drehte beide Hähne auf. Sie warf die Decke in die Wanne, trug sie, wenn sie sich vollgesaugt hatte, hinunter und legte sie vor die Tür, für den Fall, dass die Straße in Flammen aufging.

. . . .

Immer dieses seltsame Zusammenwirken: draußen die feurige Wurfbahn, drinnen die eingeweichte Decke.

Der Junge versuchte, im Wohnwagen eine Zelle abzustecken: ein Fenster, ein Bett, ein Krug Wasser, eine Neonröhre, ein Stuhl, ein verzinkter Eimer als Nachttopf. Er blieb innerhalb der Grenzen dieses Raums und war drei Stunden lang hungrig, bis sie nach Hause kam. Ihr Gesicht war gerötet – vom Alkohol, dachte er –, und sie brachte Lebensmittel mit: Wurst, Eier, Käse, Blutwurst, drei frische Laibe Brot.

«Ich habe den Job.»

«Hast du irgendwas Neues gehört?»

«Zwei Abende pro Woche», sagte sie.

«Irgendwas Neues, Mama?»

«Ist das nicht toll?»

«Mama.»

Sie setzte sich an den Tisch, zündete sich eine Zigarette an, sah zu, wie Papier und Tabak zu Asche verbrannten, und sagte: «Am ersten Tag haben sie ihn zum Arzt gebracht. Sie haben ihn gewogen, seinen Blutdruck gemessen und so weiter. Haben ihm einen Wasserbehälter und ein paar Salztabletten und eine Einzelzelle gegeben.»

«Salztabletten?»

«Ich glaube, die braucht er für –»

«Ist Salz nicht eine Art Nahrung?»

«Das weiß ich nicht, Schatz, ich glaube nicht.»

«Wie viel Wasser trinkt er?»

«Ein paar Liter am Tag, nehme ich an.»

«Und wie viel hat er abgenommen?»

«Ach, Gott, was weiß ich, vielleicht ein Pfund, Schatz. Vielleicht auch mehr.»

Der Junge dachte eine Weile darüber nach und fragte dann:

«Geht es ihm gut?»

«Ich glaube schon. Aber sie stellen ihm Essen ans Bett.»

«Sie tun was?»

«Sie stellen ihm Essen in die Zelle, nur für den Fall. Neben sein Bett. Auf einem kleinen Tablett, das sie rein- und rausrollen. Es soll das beste Essen sein, das sie ihm je gebracht haben, und sie zählen alles bis zur kleinsten Erbse.»

«Schweine», sagte der Junge und freute sich, dass sie ihn nicht zurechtwies.

«Hat Grandma ihn besucht?»

«Er darf keinen Besuch kriegen. Es gibt einen Priester im Gefängnis, und der ruft sie abends an und erzählt ihr alles. Und noch ein paar andere rufen sie an. Und sie schreiben Kassiber auf Zigarettenpapier und lassen sie hinausschmuggeln.»

«Mann, die müssen aber echt klein schreiben.»

Sie kicherte leise und nahm den letzten Zug von ihrer Zigarette. Ihm fiel auf, dass sie sie weiter rauchte als je zuvor, bis hinunter zum Filter, bis das weiße Papier völlig verbrannt war, und dass ihre Finger dunkelgelb waren.

«Wird er mir auch einen Kassiber schreiben?»

«Wer weiß. Aber ich bin sicher, dass er ziemlich schwach ist.»

«Können wir ihn besuchen, wenn er wieder Besuch kriegen darf?»

«Mal sehen.»

Ihm kam ein Gedanke, und er fragte: «Wie viel wiegt er eigentlich?»

Sie war überrascht und sagte: «Ich habe keine Ahnung, Schatz.»

«Ungefähr.»

«Ich weiß es nicht. Ich hab ihn schon seit ich weiß nicht wie viel Jahren nicht mehr gesehen. Das letzte Mal, als dein Vater und ich geheiratet haben. Da war er noch ein Junge. Er hatte sich richtig rausgeputzt, mit Anzug und Fliege. Er sah gut aus damals. Aber jetzt, ach, ich habe wirklich keine Ahnung.»

«Ungefähr, Mama.»

Sie runzelte die Stirn. «Vielleicht hundertfünfzig Pfund, aber du solltest nicht an so was denken, Schatz, es wird alles gut werden. Denk nicht solche Sachen. Das ist nicht gut.»

«Warum nicht?»

«Ach, komm schon.»

«Wohin?»

«Pass auf, was du sagst.»

«Du hast gesagt: Komm schon.»

«Das reicht.»

«Bitte?»

«Das reicht!», rief sie.

«Das reicht wofür?», sagte er sanft.

Er trat wieder in seine Zelle, legte sich auf die dünne gelbe Matratze, verschränkte die Hände hinter dem Kopf, starrte an die Decke und stellte sich vor, er sei im Körper seines Onkels: Hände, die das Bettgestell so umklammerten, dass die Knöchel weiß wurden, der Klang von Messern und Gabeln auf Heizungsrohren, das Geräusch von Stiefeln auf dem Laufgang aus Stahl, der Spott der Wärter, vor dem Fenster Hubschrauber, die über dem Stacheldraht schwebten, die flackernden Kerzen der Mahnwache vor dem Tor, das schwindende Abendlicht, die laut gesprochenen Gebete, das Rumoren in seinem Magen, noch schwach, aber spürbar. Ein Teller mit Kabeljau erschien auf dem Tisch neben seinem Bett, mit einer Zitronenscheibe und einer großen Portion Pommes frites. Ein Stück Apfeltorte mit Eiscreme. Zuckertütchen für den Tee. Milch in winzigen Tüten. Das alles sorgfältig an seinem Bett arrangiert, um die Versuchung so groß wie möglich zu machen. Aus einer entfernten Zelle drang ein Schrei, andere fielen ein. Man rief sich zu, dass ein Wärter kam. Aus der Nachbarzelle bekam der Junge eine Zigarette. Sie huschte am Ende eines Stückes Angelschnur über den Boden und blieb ein paar Zentimeter vor seiner Zellentür liegen, sodass er sie, wenn er niederkniete und eine Seite aus der Bibel benutzte, unter der Tür hindurchziehen konnte. Es war eine Selbstgedrehte, gerade dünn genug, um durch den

Spalt zu passen, und er legte sich hin, zündete sie an –
das Streichholz riss er mit dem Daumennagel an –
und sog den Rauch tief in die Lunge und blies Rauch-
ringe an die Decke, aber dann kam seine Mutter,
durchbrach die Mauern seiner Zelle und stand an seinem Bett.

«Na gut, mein Lieber», sagte sie. «Wenn du brav
bist, hab ich eine Überraschung für dich.»

Sie führte ihn aus seiner Zelle an den Resopaltisch, wo
sie eine üppige Mahlzeit angerichtet hatte. Anfangs
schob er den Teller von sich, aber dann spießte er die
Wurst auf und stach in die Eigelbe und tauchte das frische Brot ein und aß mit einer solchen Wut, dass sein
Bauch schmerzte. Er sah auf seinen leeren Teller und
stellte sich vor, er sei voll, und dann warf er seine Ge-
fängnisdecke darüber und stöhnte und kämpfte gegen
den Hunger und das schwache, unvermeidliche Erschau-
ern an.

Eintrag in einem Notizbuch:

Erster Tag:	150	lbs	67,9 kg
Zweiter Tag:	149	lbs	67,5 kg
Dritter Tag:	147,9	lbs	66,99 kg
Vierter Tag:	146,9	lbs	66,54 kg

Bei Tisch musterte er das Essen und stocherte darin
herum. Täglich hörte man jetzt von einer bevorstehen-
den Einigung, aber die Gespräche wurden immer ab-
gebrochen. Selbst die Nachrichtensprecher klangen

zermürbt. In den Zeitungen waren Karikaturen, die er nicht verstand. Er versuchte, die Leitartikel zu lesen, und das Wort «Durchbruch» bekam eine doppelte Bedeutung.

Er dachte an jenen Winter in Derry, in dem das Tauwetter den Kadaver eines herrenlosen Greyhounds in einer leer stehenden Lagerhalle zutage gebracht hatte – mit dem Sonnenschein war auch der Gestank gekommen.

Er beschloss, nichts mehr zu essen. Als seine Mutter nicht hinsah, warf er das Hühnchen mit Reis auf seinem Teller in den Mülleimer, und er trank nur Wasser. Er legte sich auf sein Bett und entwarf in Gedanken ein Manifest. Er würde nichts mehr essen, bis alle Forderungen seines Onkels erfüllt waren: das Recht, seine eigenen Kleider zu tragen und Päckchen und Besuche zu bekommen, die Rücknahme der Streichung eines möglichen Straferlasses, Befreiung von der Gefängnisarbeit und die Wiedererteilung der Umschlusserlaubnis. Er verstand nicht alle Forderungen, aber er flüsterte sie trotzdem in die Nacht und versuchte, die Schmerzen in seinem Magen zu ignorieren. Als er aufwachte, war sein Mund ausgetrocknet.

Beim Frühstück nahm er seine Cornflakes mit nach draußen und schüttete sie in das hohe Gras.

Am Nachmittag lag er ausgestreckt auf seinem Bett und fand, dass sein Bauch flacher wurde. Er suchte in seinem Körper nach Hinweisen auf den Zustand seines Onkels: die Brust eingefallen, die Rippen hervorste-

hend, die Arme nackt, mit zuckenden Muskeln. Seine
Mutter ertappte ihn vor dem Spiegel, sagte aber nichts.
Er ging unvermittelt hinaus, am Rand der Klippe entlang, und verbrachte Stunden in einem verlassenen
Vauxhall nicht weit von einer kleinen Bucht. Er saß am
Steuer, starrte durch die zerbrochene Windschutzschei-
be und stellte sich vor, dass er nach Hause fuhr, dass er
sich auf schmalen Straßen der Stadt näherte. Der
Schalthebel vibrierte in seiner Hand, das Gaspedal berührte den Boden, und er war ungeheuer geschickt mit
der Kupplung. Er durchbrach Straßensperren und
schüttelte den schwarzen Hubschrauber ab. Am Stra-
ßenrand wartete eine Gruppe maskierter Männer auf
ihn. Sie stiegen ein, und dann fuhren sie in Richtung
Osten, zum Gefängnis, wo sie einen Durchbruch eige-
ner Art bewerkstelligen würden.

Zur Essenszeit fragte er, ob er draußen allein essen
dürfe, und seine Mutter erlaubte es ihm. Als er hinausging, war ihm schwindlig, und in seinem Bauch spürte
er jetzt ein dumpfes Pochen. Er warf das Essen ins Gras,
wo noch die Cornflakes vom Morgen lagen. Die meisten hatten die Möwen sich schon geholt.

Sie stand vor der Wanne und wartete darauf, dass das
Öl heiß wurde. Sie hatte ein hübsches Gesicht, und er
wurde verlegen, als er merkte, dass sie ihn ein zweites
Mal ansah. Draußen schlug die Kirchturmglocke elf-
mal. Er war seit 34 Stunden im Hungerstreik. An der
Wand über dem Regal mit Süßigkeiten hing ein Poster

. . . .

der italienischen Fußballnationalmannschaft. An der Kasse war mit Klebeband die Statue eines Heiligen befestigt. Die Handflächen des Jungen waren verschwitzt, und er schob die Münzen von einer Hand in die andere. «Du bist heute Morgen der erste Kunde», sagte sie. Er nickte und betrachtete sein verzerrtes Spiegelbild in der Edelstahltheke. Sein Gesicht war abwechselnd breit und schmal. Er wippte auf den Zehenspitzen und schnitt Grimassen, hörte aber auf, als das Mädchen hinter der Theke kicherte.

Als er den Schnellimbiss verließ, weinte er, und der Essig war so stark, dass er den Geruch noch tagelang an den Händen hatte.

Achter Tag:	143, 1 lbs	64, 82 kg
Neunter Tag:	142,3 lbs	64,46 kg
Zehnter Tag:	141,6 lbs	64,14 kg

Der Kajak war schon früh am Morgen draußen. Der Junge sah, wie elegant die beiden alten Leute durch das Wasser glitten, und in diesem Augenblick hasste er sie für ihre einsame Freude, für den synchronen Rhythmus ihrer Paddel, für die Art, wie einer die Bewegungen des anderen erahnte, und zwar, dessen war er sicher, in vollständigem Schweigen.

Er sah auf sie hinunter und fühlte sich wie ein einsamer Scharfschütze im Morgengrauen.

Sie waren hundert Meter weit draußen und bewegten sich parallel zur Küste. Die Wellen ließen das Boot auf

. . . .

und ab hüpfen – es hätte der Ausschlag eines Elektrokar-
diogramms sein können. Weiter draußen gab es Wellen
mit Schaumkronen, die sich früh brachen, doch der Kajak hielt seinen Kurs, die Paddelblätter fuhren durch die
Luft, der Bug durchschnitt die Wellen in einem schiefen
Winkel. Auf dem Wasser wirkte das Boot erstaunlich
gelb, als hätte das Meer beschlossen, ihm mehr Farbe zu
verleihen, als es verdiente, und nur die alten Leute in
ihren dunklen Kleidern milderten diesen Eindruck. Der
Mann trug ein blaues Arbeitshemd, die Frau ein graues
Kleid.

«Peng. Peng», sagte der Junge leise.

Seine Mutter stand auf den Stufen des Wohnwagens
und beobachtete ihn aus dem Augenwinkel. Nach dem
Hungerstreik hatte er Verstopfung gehabt, ihr den
Grund dafür aber nicht verraten. Sie hatte ihm etwas
gegeben, von dem er hatte brechen müssen. Jetzt gehe
es ihm schon sehr viel besser, sagte er, und ob er einen
Ausflug in die Stadt machen dürfe.

Sie griff tief in die Tasche ihrer Jeans, holte eine
Fünfzig-Pence-Münze hervor und gab sie ihm.

«Fünfzig Pence?»

«Ja.»

«Was soll ich mit fünfzig Pence?»

«In halb so viele Schwierigkeiten geraten wie mit einem Pfund.»

Der Junge lachte leise.

«In Ordnung», sagte er.

Er rannte den Hügel hinunter und schlug dabei mit

. . . .

einem Stock nach den Brombeeren. Am Fuße des Hügels drang die Kühle des Frühsommertages durch sein Hemd, und er schlug die Arme um sich.

Der Kajak war nur noch ein winziger Punkt auf dem Wasser.

In der Stadt standen ein paar ältere Jugendliche in einer Gasse, und er beobachtete sie durch das Fenster des Spielsalons. Das Licht einer blauen Neonreklame blinkte rhythmisch. Sie trugen enge schwarze Hosen und weiße Hemden, aber ihre Haare waren kürzer als seine, und sie hatten Koteletten. Er lächelte, als er sah, dass sie schwarze Armbinden trugen. Er wollte hinausgehen und ihnen sagen, dass sein Onkel sich an dem Hungerstreik beteiligte. Sie würden ihn mit einer gewissen Ehrfurcht betrachten, und ein Schauer würde sie überlaufen, und sie würden wissen, dass er ein harter Bursche war. Sie würden ihre Zigaretten mit ihm teilen und ihm einen Spitznamen geben. Er würde ihnen sein Taschenmesser zeigen und ihnen erzählen, wie er einmal einen Soldaten vom Hals bis zum Bauch aufgeschlitzt hatte wie einen erlegten Hirsch.

Einer der Jugendlichen sah sich verstohlen um, und der Junge war überrascht, als er sah, dass er sich eine Tüte mit Klebstoff an den Mund hielt.

Er drehte sich sofort um und steckte die Fünfzig-Pence-Münze in den Apparat. Er spielte, und der Schweiß trat ihm auf die Stirn, aber die Jugendlichen in der Gasse drückten die Plastiktüte an ihre Gesichter. Er fragte sich, wie es wohl war, high zu sein. Zu Hause

. . . .

hatte er nie einen seiner Freunde Drogen nehmen sehen. Nebenan hatte mal eine Dealerin gewohnt, die schließlich Kugeln in beide Knie gekriegt hatte. Wenn sie nach Hause kam, klirrten ihre Krücken auf dem Bürgersteig, dass es klang wie eine schrille, metallische Sprache, und spätnachts, wenn sie Musik hörte, schlug sie mit ihren Krücken den Rhythmus. Aber weil sie weiter dealte, traten die Männer vom Bürgerkomitee ihre Tür ein und schossen ihr durch die Ellbogen und sicherheitshalber auch noch durch die Fußknöchel, und danach war sie weg, und die Leute sagten, dass sie nach England gegangen war und im Rollstuhl saß und immer noch dealte.

Er warf einen verstohlenen Blick in die Gasse.

Sie sogen die Luft aus der Tüte und bliesen sie wieder auf – es sah aus wie das Schlagen eines eigenartigen grauen Herzens. Zwischen den Zügen rauchten sie Zigaretten, und einer von ihnen steckte sich lässig eine brennende Zigarette hinters Ohr, sodass von seinem Kopf Rauch aufstieg.

Der Junge klopfte seine Taschen ab und verfluchte sich, weil er all sein Geld in den Automaten geworfen hatte, aber er spielte zwei Stunden lang, bis ihm die Finger wehtaten, und als er wieder zu der Gasse sah, waren die Jugendlichen verschwunden. Zigarettenkippen lagen im Kreis verstreut, und beim Gully hatte sich jemand erbrochen. An die Mauer am Ende der Gasse hatte jemand geschrieben: *Sprengt Block H.*, und daneben stand: *Bobby Sands M. P., R. I. P.* Er nickte den Graffiti zu und wünschte, er hätte eine Farbspraydose, damit er den Namen seines Onkels überall in der Stadt in großen Buchstaben an die Mauern schreiben könnte.

Das Meer warf hohe Wellen an den Strand, und weiter draußen sah er ein paar Fischerboote. Eines davon hatte am Mast auf der Kajüte die irische und eine schwarze Flagge gesetzt. Der Junge rannte zum Wasser und winkte dem Boot zu, doch es winkte niemand zurück. Pfeifend ging er auf dem festen, feuchten Sand am Meer entlang.

«Weiter so», rief er dem verschwindenden Boot nach.

Er zog die Schuhe aus und spielte mit den Wellen, forderte sie heraus, seine Füße nass zu machen. Der kalte Sand sog an seinen Zehen und machte schmatzende Geräusche. Er stellte fest, dass er lachte, und war sich nicht ganz sicher, ob es in Ordnung war, Spaß zu haben in dieser fremden Stadt, an diesem fremden Strand, in dieser fremden Einsamkeit.

Er ging weiter hinein, bis die Wellen seine Knöchel umspülten, und trat nach dem Wasser, sodass die Tropfen seltsame Muster bildeten und Parabelkurven durch die Luft beschrieben. Mathematik war das Einzige, was ihm in der Schule Spaß machte, auch wenn er das niemandem verriet, und er fragte sich jetzt, ob er die Flugbahn eines Wassertropfens berechnen könnte. Es würde eine seltsame Kurve sein, dachte er, festgehalten in einer Millisekunde, vom einen Ende der Achse bis zum anderen. Er könnte eine Formel für die Bewegung von Wasser entwickeln, und nur er würde sie verstehen.

Das Wasser fühlte sich nicht mehr kalt an, und einen Augenblick später rannte er am Meer entlang, trat wild nach dem Sand und lachte.

Das Meer schien verdammt, seine Freude auszuhalten.

Er schrie den Wellen zu: «Na los, versucht's doch, na los!» Inzwischen war er bis zu den Knien nass, und er rannte am Rand des leeren Strandes entlang wie ein scheckiges Pferd, mit hohen Sprüngen und gerecktem Hals, bis er plötzlich erstarrte und spürte, dass er errötete.

Auf dem Pier saßen drei Mädchen und ließen die Beine baumeln. Sie flüsterten sich irgendein Geheimnis zu, von dem der Junge wusste, dass es mit ihm zu tun hatte. Er ließ für ein paar Schritte den Kopf hängen und sprang dann noch einmal in die Luft, nur für den Fall, dass sie ihm zusahen.

Er kletterte über den Pier, und als er außer Sichtweite war, setzte er sich auf einen Felsen, holte eine Zigarettenkippe aus der Hemdtasche und legte sie auf den Stein, damit die Sonne sie trocknete.

Während er wartete, sah er zu, wie die Mädchen über den Strand gingen, sich in den Sand setzten und sich ein Eis in der Waffel teilten. Eine von ihnen stand auf und zog ihren roten Pullover aus. Sie hatte kurze blonde Haare, und ihre Brüste drückten gegen die weiße Bluse. Als sie sich reckte und die Arme hinter den

. . . .

Kopf legte, bekam er eine Erektion. Er setzte sich hinter einen großen Felsen, machte den Reißverschluss auf und nahm seinen Schwanz in die Hand. Während er sich einen runterholte, sah er zu, wie sie sich weiterreckte und mit dem Zeh eine Furche in den Sand zog. Er konzentrierte sich auf ihren Rücken, und als sie nochmals die Arme hinter den Kopf legte und ihren Körper durchbog, machte er die andere Hand hohl. Er schloss die Augen und biss sich auf die Lippe, und als er fertig war, packte er seinen Schwanz wieder ein und sah sich verstohlen um.

Die beiden alten Leute hielten auf den Pier zu. Sie waren so mit dem Paddeln beschäftigt, dass sie ihn nicht gesehen hatten, doch er schämte sich trotzdem, als er seine Hand an einem Felsen abwischte. Er nahm einen kleinen Stein und warf ihn in hohem Bogen. Er landete zehn Meter vom Kajak entfernt im Wasser und machte dabei ein leises Geräusch, sodass der alte Mann sich verwundert umdrehte.

«Leck mich doch», flüsterte der Junge.

Sie saß auf den Stufen des Wohnwagens und hatte einen Taschenspiegel in der Hand. Sie trug den Lippenstift auf und fuhr sich mit der Zunge über die Zähne. Sie sah schön aus, und das machte ihn wütend, und er wollte ihr sagen, dass sie sich den Lippenstift abwischen sollte, doch er wusste, dass sie sich nur auf ihren Auftritt vorbereitete. Sie würde sich verführerisch zum Mikrophon beugen und von Frauen singen, die

· · · · · · ·

sich ihr Haar mit schwarzen Samtbändern hochbanden.

«Ich will eine schwarze Armbinde, Mama», sagte er und blieb auf den Stufen stehen.

«Nein, bitte, fang nicht wieder damit an. Nein.»

«Warum nicht?»

«Weil ich nein gesagt habe.»

«Ich will aber eine.»

«Bitte. Ich bin deine Mutter, und wenn ich nein sage –»

«Ich hab in der Stadt ein paar Jungen gesehen, die welche hatten.»

«Du brauchst keine Armbinde.»

«Sogar ein paar Mädchen. Echt.»

Er sprach das Wort sehr betont aus, und sie senkte den Kopf und starrte in den Spiegel und berührte ihn mit dem Zeigefinger, als stünde dort eine Antwort. «Nein», sagte sie, und bei diesem einen Wort hatte sie einen eindeutig südlichen Akzent, als hätte sie ihren Geburtsort geändert.

Der Junge murmelte etwas und schob sich an ihr vorbei in den Wohnwagen. Dann sah er das Kofferradio auf dem Küchentisch. Es war mit einer blauen Schleife verziert.

Seine Mutter stand in der Tür, umhüllt von Licht.

«Ich dachte mir, du spielst nicht gern allein Schach», sagte sie. «Darum hab ich dir eine Kleinigkeit mitgebracht. Ein Geschenk. Damit du was hast, wenn ich arbeite. Vielleicht kriegst du einen Piratensender rein.»

Der Junge nahm das Radio und drehte am Frequenz-

. . . .

knopf. Eine kratzige Musik erklang. Er hielt den Apparat ans Ohr und wiegte sich hin und her.

«Als dein Vater und ich jung waren, sind wir mal für ein paar Tage nach Portrush gefahren, und in unserem Zimmer gab's ein Radio, und da haben wir immer einen Sender gehört, der Radio Luxemburg hieß», sagte sie. «Manchmal war der Empfang schlecht, und dann nahm dein Vater das Radio und ging damit im Zimmer herum, und manchmal dachte ich, die Musik käme von deinem Vater …»

«Hatte Daddy ein Radio, als er jung war?»

«Klar. Dein Daddy war der Erste in Derry, der die Rolling Stones gehört hat.»

«Das sind die mit *I can't get no satisfaction*, oder?»

«Genau das sind sie.»

«Was für eine Musik hat mein Onkel am liebsten gehört?»

«Ich bin sicher, dass er dieselben Sachen gehört hat», sagte sie, und dann hielt sie inne und sah den Jungen an. «Ich bin sicher, dass dein Onkel auch ein Radio hatte.»

«Wie das hier?»

«Vielleicht. Wer weiß.»

«Mit Antenne und so?»

«Kann sein. Vielleicht hat er sich dieselben Songs angehört wie dein Daddy. *Brown Sugar. Honky-Tonk Women*. Damals gab es gute Musik.»

«Danke, Mama.»

«Gefällt es dir?»

«Ja. Es ist klasse. Ich find's toll.»

«Damit du hier oben nicht so allein bist.»

Er drehte den Knopf hin und her, bekam aber nur schwache Signale, bis auf einen gälischen Sender, der laut und fremdartig klang. Er warf sein Haar zurück und sagte dann: «Mama?»

«Was ist, Schatz?»

«Ich will trotzdem eine schwarze Armbinde.»

Sie schüttelte den Kopf, biss sich auf die Lippe und sah ihn mit einem halben Lächeln an. «Bei dir würde sogar der Papst einen Herzanfall kriegen.»

Ihm kam ein Gedanke, und als sie hinausging, fragte er sie, welchen Blutdruck sein Onkel habe.

«Keine Ahnung. Woher soll ich das wissen?»

«War bloß eine Frage.»

«Du bist manchmal ein komischer Junge.»

«Was ist ein normaler Blutdruck?»

«Wenn du in der Nähe bist, ist er jedenfalls zu hoch», sagte sie lachend.

«Im Ernst, Mama.»

«Hundertzwanzig zu siebzig, glaube ich.»

Er stellte sich vor, wie ein Strich die beiden Zahlen auseinander schnitt.

Sie sah noch einmal in den Spiegel und prüfte ihren Lippenstift. «Viel Spaß mit deinem Radio», sagte sie. «Ich bin um Mitternacht zurück. Vergiss nicht, die Tür abzuschließen.»

Als sie ging, fiel ihm auf, dass sie eine sehr enge Hose trug. Sie schwenkte den Gitarrenkoffer in der

. . . .

Hand. Auf dem Koffer waren Aufkleber aus dem ganzen Land, und es schien ihm oft, als trüge sie einen Atlas: Dublin, Belfast, Limerick, Cork. Auch ihrer Lederjacke sah man an, dass sie weit herumgekommen war. Sie und sein Vater waren früher mit drei oder vier anderen Musikern in einem Bedford-Bus durch das ganze Land gefahren. Sein Vater war Roadie gewesen und hatte die Holzpodeste gebaut, auf denen die Lautsprecher standen, aber die Zeiten für Showbands waren schon lange vorbei, und sein Vater war schon lange tot, bei einem Unfall in Kildare ums Leben gekommen. Er war allein unterwegs gewesen, und der Wagen war ins Schleudern gekommen, nachdem der rechte Vorderreifen geplatzt war. Damals war der Junge sieben gewesen. Er versuchte, sich an das Begräbnis zu erinnern, aber es gelang ihm nicht: Er sah nur schemenhafte Gestalten, die eine Kiste auf den Schultern trugen. Er hatte sich über die Kiste gebeugt und sie geküsst, und dann war sie in den Leichenwagen geschoben worden.

Er drückte das Radio an sich und sah seiner Mutter nach.

Sie ging sehr vorsichtig neben dem matschigen Weg, der sich in Windungen vom Hügel auf der Landzunge zur Stadt schlängelte. Ihre Füße hinterließen Spuren in der Erde, und die Grashalme beugten sich, als wollten sie die Erinnerung an sie und all die Orte, an denen sie gewesen war, bewahren.

Als sie außer Sicht war, ging der Junge zu seiner Tasche und holte ein altes schwarzes T-Shirt hervor. Er riss einen Streifen ab und band ihn sich ganz oben um den Arm. Es hätte eine breite Tätowierung sein können. Die Armbinde saß eng, als er die Oberarmmuskeln anspannte, und er betrachtete kurz sein Spiegelbild im Fenster.

Du siehst gut aus, Mann.

Ja, geht schon.

Du bist fit.

Bin ich.

Du könntest glatt jemanden zu Brei hauen.

Könnte ich.

Richtig die Fresse polieren. Du wärst der Richtige dafür, das ist mal sicher.

Ja, das ist mal sicher.

Er hielt das Radio wieder ans Ohr und ging im Wohnwagen herum, an den Wänden seiner Zelle entlang. Dafür brauchte er nur sieben Schritte. Er bemerkte, dass der Empfang an dem Fenster, das aufs Meer ging, am besten war, und er blieb dort stehen und hörte einen schwachen, weit entfernten Sender, ein David-Bowie-Stück, bei dem er mitsang. Im Gefängnis gab es auch Radios, hatte er gehört, kleine Detektorempfänger. Die Teile wurden hereingeschmuggelt, und die Gefangenen versteckten sie in ihren Bärten, ihren Achselhöhlen, ihren Armbeugen, sogar in ihren Ärschen. In der Zelle bauten sie sie wieder zusammen, und manchmal war der Empfang am besten, wenn sie die Detektorteile in den Mund nahmen und sich ans Fenster

· · · · · · ·

stellten, sodass der ganze Körper die Nachrichten über das empfing, was ihnen widerfuhr.

Der Junge zog die Antenne seines Radios aus. Er nahm sie in den Mund. Am Empfang änderte sich nichts.

Das Bowie-Stück klang aus, und er sah hinaus aufs Meer. Wenn die Sonne einmal den Horizont berührt hatte, ging sie sehr schnell unter. Die Farben des Himmels verblassten, und er wurde gestaltlos. Die Dunkelheit bricht nicht herein, dachte er, während er sich zu den Klängen der Radiomusik hin und her wiegte. Sie steigt vom Meeresgrund auf und beginnt rings um uns her zu atmen.

Zwölfter Tag:	139	lbs	62,96	kg	120/70
Dreizehnter Tag:	138,2	lbs	62,6	kg	?

Er drehte sich voller Scham zur Wand, als seine Mutter mit ihrem Schlafsack an sein Bett kam und sich neben ihn legte. Sie sagte, sie habe gehört, wie er sich hin und her gewälzt habe. Sie roch nach Bar – Zigarettenrauch im Haar, und ihre Stimme war heiser vom Singen –, und der Junge fragte sich, ob es ihr Spaß gemacht hatte, und hoffte, dass es nicht so war: Er konnte den Gedanken nicht ertragen, dass sie gelacht hatte.

Er spürte das Blut in den Adern seines Arms und lockerte heimlich die Armbinde. Sie machte den Reißverschluss ihres Schlafsacks zu, strich ihm übers Haar und sagte: «Alles wird gut.»

. . . .

98

Der Junge drückte sich an die Wand und biss sich auf die Zungenspitze.

«Es ist ein netter kleiner Pub», sagte sie. «Viele Touristen. Sie haben eins von diesen alten Bonbongläsern aufgestellt, für Trinkgeld, und da ist ein bisschen was zusammengekommen. Und weißt du was? Ich hab eine Pfundnote reingelegt, damit alle anderen auch Papiergeld reinwerfen, und fast alle haben's getan. Pfundnoten! Witzig, oder? Uns wird's hier schon noch gefallen – wart's nur ab.»

«Hast du irgendwas Neues gehört?»

«Das Telefon am Pier hat vorhin geklingelt, und es war deine Grandma.»

«Wann kriegen wir ein richtiges Telefon?»

«Bald.»

«Was hat sie gesagt?»

«Sie sagt, sie hat dich lieb.»

«Das sagt sie doch immer.»

«Sie sagt, sie will, dass du stark bist.»

«Stark», sagte er. Seine Stimme kippte von hoch nach tief, und er fragte sich, ob er in einem einzigen Wort zwei verschiedene Menschen sein konnte, ein Junge und ein Mann.

«Wenn man im Hungerstreik ist», fragte er, «geht der Blutdruck dann rauf oder runter?»

«Du stellst vielleicht Fragen!»

«Rauf oder runter?»

«Ich habe keine Ahnung», sagte seine Mutter. «Wahrscheinlich schwankt es. Warum fragst du?»

. . . .

«Nur so.»

«Du bist ein Rätsel», sagte sie.

«Ein gutes Rätsel?»

«Ja, ein gutes Rätsel», sagte sie und lachte.

«Ich will aber kein Rätsel sein.»

«Na gut, dann eben nicht.»

«Ach, Mama», sagte er und drehte sich zur Wand.

Er hörte ihren Schlafsack wispern und knistern, als sie versuchte, eine bequeme Lage zu finden. Er war überrascht, als er am nächsten Morgen erwachte, beunruhigt, weil er eingeschlafen war, neben seiner Mutter, die leise schnarchte.

Am Strand stand ein Pfahl, an dem ein rot-weißer Rettungsring hing. Spät am Abend, als seine Mutter im Pub sang, ging er dorthin.

Der Strand war menschenleer. Verwehter Abfall wirbelte über den Sand. Im Haus des alten Paares brannte ein helles Licht, und der Junge stellte sich vor, dass es ein Unterschlupf war. Er winkte seinen Kumpels zu und begann, mit Steinen nach dem Pfahl zu werfen. Anfangs gingen die meisten Würfe vorbei, doch immer öfter schlugen die Steine kleine Kerben ins Holz. Er entwickelte verschiedene Rhythmen, und der Pfahl wurde zu einem Soldaten im Kampfanzug. Der Rettungsring war sein Schild. Der Soldat hatte ein Kindergesicht und sprach mit Londoner Akzent. Der Junge trat einen Schritt zurück und warf einen Stein, der die Augen des Pfahls traf, und der Soldat winselte. Von der

· · · · · · ·

Augenbraue tropfte ein bisschen Blut, und der Junge tanzte und wirbelte im Sand herum und vollführte einen perfekten Kung-Fu-Kick. Er warf noch einen Stein und zielte diesmal auf den Hals, weil er gehört hatte, dass dies die verwundbarste Stelle war.

Zu Hause im Norden hatte er abends nie auf die Straße gehen dürfen, aber hier, im Sand, begann er seinen eigenen Aufstand.

«Wichser!», schrie er.

Der Soldat ging in die Knie, doch der Stein traf ihn trotzdem, sodass er hintenüberfiel. Sirenen heulten, und vom Meer brachte man Molotowcocktails herbei. Der Junge zog sein T-Shirt aus und band es sich vors Gesicht. Er rannte zu dem Pfahl und spuckte ihn an, und als er sich umdrehte, wollte der Soldat ihm von hinten eins überziehen, aber er duckte sich genau im richtigen Moment und trat dem Soldaten ins Gesicht, dass das Blut aus der Nase spritzte.

«Du willst es unbedingt wissen, was? Steh auf! Los, steh auf!»

In der Ferne hörte er das vertraute Dröhnen von Armeelastwagen. Er drückte dem Soldaten aus London die Daumen auf die Kehle und sagte: «Sag deinen Jungs, sie sollen sich zurückziehen, sonst bring ich dich um.» Er drückte fester zu. Der Soldat nickte folgsam, und die Lastwagen kehrten um.

Er suchte den Strand nach Steinen ab, die gut in seine Hand passten, und entwickelte eine unglaubliche Treffsicherheit. Die Steine pfiffen durch die Luft.

· · · · · · ·

Es war Ebbe, und er warf aus verschiedenen Positionen. Die Steine hämmerten gegen den Pfahl, der jetzt drei Soldaten war. Sie standen hintereinander. Er wich ihren Gummigeschossen aus, kletterte auf Hausdächer und verspottete sie.

«Kriegt mich doch, ihr Wichser!»

Am Ende der Unruhen dieses Abends ging er zu dem Pfahl, lächelte und sagte zu den Soldaten, ein Mann müsse tun, was ein Mann tun müsse. Ob ihnen klar sei, fragte er sie, dass sie bloß ein paar hirnlose Wichser seien? Die Soldaten wimmerten, denn sie litten unerträgliche Schmerzen, und einer von ihnen verbrannte langsam von unten nach oben. Der Junge spuckte aus und löschte das Feuer, und aus lauter Barmherzigkeit ließ er den Soldaten leben.

Siebzehnter Tag: 137,6 lbs   62,33 kg   110/68

Einmal blieb er fast bis Mitternacht am Meer. Er sah seine Mutter vom Pub zurückkommen. Sie trug ihre Gitarre, und ihr Schatten tanzte über die Lichtflecken auf dem Asphalt, und dann hatte die Dunkelheit sie verschluckt.

Sie nahm den langen Weg, und der Junge rannte auf dem kurzen Pfad den Hügel hinauf und war vor ihr am Wohnwagen.

Diesmal legte sich seine Mutter nicht neben ihn, aber sie trat an sein Bett, küsste sein Haar, sagte ihm, dass sie ihn liebte, und nahm ihn in die Arme, und das

. . . .

Gewicht ihrer Umarmung war ihm peinlich. Er wünschte, sie würde nach Alkohol oder einer anderen Verfehlung riechen, damit er sich losmachen könnte, aber da war nichts.

Es war der einundzwanzigste Tag, und sie sagte ihm, dass sein Onkel siebzehn Pfund abgenommen hatte und dass sie noch immer Essen am Fußende seines Bettes abstellten wie ein Äquinoktium zwischen Leben und Tod. Er war noch im Zellenblock, doch wahrscheinlich würde er bald ins Gefängniskrankenhaus verlegt werden. Angeblich war er guten Mutes, auch wenn sein Husten schmerzte und es ihm schwer fiel, Wasser zu trinken. Zum ersten Mal seit Jahren las er Bücher – Gedichte und ein Stück von W. B. Yeats. Wenn er das Zellenfenster vor der Sichtblende öffnete, konnte er die Protestanten hören, die vor dem Gefängnistor ihre Trommeln schlugen, und das war für ihn wie eine langsame Folter.

Sie gab dem Jungen eine Zeitung, und er stellte zu seiner Überraschung fest, dass auch andere Menschen Schicksale hatten. Eine ältere Frau war von einem Soldaten erschossen worden, der ihren Schirm für ein Gewehr gehalten hatte. Ein junger Vater war beim Verlassen der Entbindungsklinik erschossen worden. Ein Seiltänzer aus Frankreich war in Brand gesteckt worden, als er zwischen zwei Wohnblöcken auf einem Seil balanciert hatte: Ein Molotowcocktail hatte ihn am Knie erwischt, und er war weitergegangen, während die Flammen ihn umzüngelten, und schließlich in den

. . . .

Foyle gestürzt, in dessen dunklem Wasser zuvor schon seine Balancestange verschwunden war. Die Unruhen auf den Straßen waren schlimmer denn je: brennende Barrikaden, Tränengas, Gummigeschosse, Kontrollposten.

Und immer noch keine Nachrichten von einem Durchbruch, obgleich sich ein paar internationale Komitees eingeschaltet hatten. Alle suchten händeringend nach einer Lösung, sie musste bald kommen, es war unvermeidlich.

Seine Mutter sagte, sie frage sich manchmal, ob die Menschen vielleicht hier und dort ständig kleine Stücke ihres Verstandes verloren hatten, sodass die ganze Welt verrückt geworden und alles auseinander gefallen war.

«Wie lange hat der längste Hungerstreik gedauert?», fragte er.

«Etwas über sechzig Tage.»

«Und der kürzeste?»

«Oh, bitte, Kevin, lass uns nicht mehr darüber reden.»

«Vierzig Tage oder so, stimmt's?»

«Leg dich jetzt schlafen. Bitte, Schatz. Bitte.»

«Ich frage doch bloß.»

«Und ich sage dir: Geh jetzt ins Bett. Bitte.»

Er konnte nicht schlafen, stand um vier Uhr auf, schlich auf Zehenspitzen durch den Wohnwagen, stahl achtzehn Pfund aus der Handtasche seiner Mutter und ging in die Stadt, wobei er einen Bogen um den Friedhof machte. Die Straßen waren still und unheimlich. Über ihm bewegten sich die Sterne in ihren Bahnen. Fledermäuse umschwirrten die Straßenlaternen in eigenartigen Flugfiguren. Ein kalter Wind wehte vom Meer. Der Junge warf Steine nach den drei Ampeln, die es in der Stadt gab. Bei einer zertrümmerte er das gelbe Glas und rannte davon, verfolgt von unsichtbaren Polizisten.

Über den Bergen brach der Tag an. Das Licht nagte Konturen in die Stadt.

Er ging an der Küstenstraße entlang, bis ein Farmer ihn in seinem Lieferwagen mitnahm. Mürrisch saß er da, während der Farmer über Silage redete. Der Farmer sagte, die irische Regierung sei drauf und dran, über den Silagepreis zu stürzen. Silage sei ein Thema, das sie nicht ignorieren könne. Silage sei das Einzige, was ihr in dieser Gegend der Welt Stimmen bringen könne. Wenn sich die Politiker über irgendwas aufregen sollten, dann über Silage. Der Farmer roch stark nach Alkohol. Wenn er schaltete, knirschte das Getriebe. Einmal legte er die Hand auf das Knie des Jungen und sagte, dass Silage auch im Norden ein wichtiges Thema sei und sogar die Protestanten dafür auf die Barrikaden gingen.

Der Junge hielt so viel Abstand wie möglich und legte für alle Fälle die Hand an den Türgriff, bis der Farmer ihn in der Stadtmitte absetzte.

«Danke», sagte er und fügte leise hinzu: «Fick dich ins Knie!»

Die Stadt war bereits voll erwacht. Rundfahrtbusse schoben sich durch die Straßen. Autos umkurvten ihn. Aus Plattenläden quoll Musik. An Telefonmasten hingen Zettel, auf denen stand: *Unterstützt die Hungerstreikenden!*, und von einem Balkon in der Dominick Street flatterten schwarze Fahnen. Der Junge reckte die geballte Faust. Die Mädchen trugen sehr enge Jeans, und durch den Stoff ihrer T-Shirts konnte er ihre Brustwarzen sehen. Er ging gebeugt, damit seine Erektion abklang. Bei einer Toreinfahrt sang er einem Straßenköter etwas vor:

Ich werd's bringen und du nicht,
Diddli-diddli-du.
Denn du bist ein Hund und ich bin ein Mann,
Diddli-diddli-du.

Am Busbahnhof kaufte er sich eine Fahrkarte und spielte Videospiele, bis der Aufruf für seinen Bus kam. Mit wiegenden Schritten stieg er ein und sang dabei noch immer sein selbst erfundenes Lied. Als der Busfahrer in seiner Durchsage auf einen Anschlussbus von Donegal nach Derry hinwies, reckte der Junge erneut die Faust und sagte: «Briten raus, ich komme.»

Nach einer halben Stunde stiegen zwei Polizisten zu. Sie sagten dem Fahrer, dass sie einen jugendlichen Ausreißer suchten, einen Jungen mit dunklen Augen, der einen Fahrschein nach Nordirland habe. Er saß auf der letzten Bank und machte sich ganz klein, aber einer der Polizisten legte ihm die Hand auf die Schulter, beugte sich hinunter und sprach ihn mit seinem Namen an. Er begann zu weinen. «Deine Mutter ängstigt sich zu Tode», sagte der Polizist. Sie waren freundlich und führten ihn durch den Mittelgang, während die anderen Passagiere ihn anstarrten.

Als sie Galway hinter sich gelassen hatten und auf der Küstenstraße fuhren, fragte er die Polizisten, ob sie die Sirene einschalten könnten. Sie taten es, und er saß grinsend auf dem Rücksitz und passte auf, dass sie es nicht sahen.

Vierundzwanzigster Tag: 131,9 lbs 59,75 kg 110/65
Ins Gefängniskrankenhaus
verlegt.

Sie blieb jetzt abends zu Hause und schrieb Lieder in ein Heft. Er hatte heimlich darin gelesen und gesehen, dass sie ein Herz gemalt und den Namen seines Vaters in verschnörkelten Buchstaben hineingeschrieben hatte, wie ein Schulmädchen.

In den meisten Liedern ging es um Liebe, und ihm fiel auf, dass sie oft das Wort «Meer» verwendete. Ein Meer von diesem und ein Meer von jenem. Spätnachts, wenn sie glaubte, dass er schlief, summte sie Melodien vor sich hin.

Er hatte ihr versprochen, dass er nie mehr davonlaufen würde, und so ging sie gegen Ende der Woche wieder in den Pub, um zu singen. Sie sagte ihm, es sei ihre einzige Einnahmequelle und sie müsse ihm vollkommen vertrauen können. Er schwor ihr noch einmal,

. . . .

dass er nie davonlaufen werde, ganz gleich, was passierte. Er suchte nach anderen Radiosendern, sang ein paar Stücke mit, langweilte sich und stellte sich vor, dass schöne Frauen an die Tür des Wohnwagens klopften. Er wichste, wischte das Zeug mit Papiertaschentüchern weg und versteckte sie so tief im Abfalleimer, dass seine Mutter sie nicht bemerken würde. Nach ein paar Tagen schlich er sich abends in die Stadt, stand neben dem Hinterausgang des Pubs auf grauen Bierkästen und sah ihr zu. Sie sang mit geschlossenen Augen, berührte mit den Lippen fast das Mikrophon und drückte die Gitarre an sich. Ihre Finger huschten über die Saiten, und ihr Fuß klopfte im Rhythmus auf den Boden. Das kleine Publikum schien unter einem Hut aus Zigarettenrauch zu sitzen, und der Junge versuchte, die Leute mit Willenskraft dazu zu bringen, länger und lauter zu klatschen und nicht Münzen, sondern Pfundnoten in das Trinkgeldglas zu legen.

Nach einem Song mit dem Titel *Carrickfergus* warf ein junger Mann ihr einen Kuss zu, und der Junge wäre am liebsten hineingegangen und hätte diesem Arschgesicht die Zähne eingetreten. Stattdessen drehte er sich um und knurrte den alten Schäferhund an, der hinter dem Pub angekettet war. Der Hund drückte die Schnauze auf den Boden, und als der Junge einen Stein nach ihm warf, erhob er sich misstrauisch und verdrießlich und ging so weit weg, wie die Kette es zuließ.

Siebenundzwanzigster Tag: 130, 3 lbs 59,02 kg 110/60
Achtundzwanzigster Tag: 129,8 lbs 58,79 kg 115/68
Neunundzwanzigster Tag: 129,3 lbs 58,75 kg 110/59
                        Heute Abend haben die
                        Wichser genug Essen hin-
                        gestellt, um eine ganze Ar-
                        mee satt zu kriegen.
Dreißigster Tag: 128,9 lbs 58,39 kg 105/65

Das Wetter besserte sich, und am Strand wurden Spie-
le gespielt. Ein seltsames Potpourri aus Badesachen
und Bikinis. Zwei Frauen rafften ihre Röcke und wateten durch das flache Wasser. Lichtstrahlen ließen den
Schaum der sich brechenden Wellen aufleuchten. Ein
kleines Kind warf einen bunten Ball in die Luft. Aus
den Lautsprechern des Eiswagens drang blecherne
Musik. Die Badekappen der Schwimmer hüpften auf
den Wellen, und weiter draußen schien ein Öltanker
am Horizont festgenagelt.

Seine Mutter hatte ihm schwarze Shorts gekauft,
aber die zog er nicht an, und nun klebte seine Hose an
den Beinen. Er hätte sie zu gern ausgezogen, doch er
stand mit großer Lässigkeit am Rand des Strandes,
während er sich innerlich verfluchte. Er krempelte die
Ärmel hoch und bemerkte die Grenze zwischen weißer
Haut und Sonnenbrand.

Die Sonne stieg höher und ließ seinen Schatten kürzer werden. Wenn er sich in den Sand warf, würde sein
Schatten dann stehen bleiben und ihm zusehen?

· · · · · · ·

Am Strand sah er das blonde Mädchen. Es trug diesmal einen roten Badeanzug und hielt sich ein kleines Radio ans Ohr. Er saß eine halbe Stunde lang reglos im Sand und sah zu, dann ging er zum Wasser. Er war sich seiner Schuhe peinlich bewusst und zog sie schließlich aus, steckte die Socken hinein, band die Schuhe zusammen und hängte sie sich um den Hals. Beim Gehen quoll der Sand zwischen seinen Zehen hervor. Sie sah nicht ein einziges Mal zu ihm hin. Sie beschattete die Augen mit dem Unterarm, und er dachte, wenn er Geld hätte, würde er ihr eine Sonnenbrille kaufen. Er würde zu ihr gehen, ihr die Sonnenbrille in die Hand drücken und sich ganz selbstverständlich neben sie setzen. Sie würden dasitzen und sich schweigend bräunen lassen. Bald würden sie sich küssen.

Er trabte am Wasser entlang, sah sich kurz nach ihr um, stieg die Stufen am Hafendamm hinauf und ging im weiten Bogen wieder zurück. Er hätte gern versucht, seine Großmutter anzurufen, aber er kannte die Nummer nicht – die hatte seine Mutter immer gewählt.

Eine Bö trieb Abfall die Straße entlang, und der Junge kam an einer Gasse vorbei, in der die Jugendlichen ihren Klebstoff schnüffelten. Sie riefen ihm nach, und er beeilte sich wegzukommen und zeigte ihnen verstohlen den Finger.

«Ihr wollt es wissen, was?», flüsterte er.

Ihr wollt es wirklich wissen, was?

Na los, kommt doch.

Ich trete euch die Fresse ein.

Plötzlich stand er vor dem Haus des alten Paares. Es war ein weiß gestrichener Bungalow, und im Vorgarten blühten Rosen. Es wirkte alt, als wäre es zurückgesunken in ein anderes Jahrzehnt, mitgenommen vom jahrelangen Ansturm des Meeres. Die Fensterrahmen waren morsch. Einige Dachziegel fehlten. Als er das Tor berührte, wackelte es. Er zögerte, drückte auf die Klinke und machte wieder kehrt. Er ging zum Pier, lehnte sich an einen Poller und rauchte eine Zigarette. Dann nahm er seinen Mut zusammen und ging auf die Tür zu. Der alte Mann öffnete.

«Kann ich mir mal den Kajak leihen?»

«Wie bitte?»

«Wenn ich nah am Ufer bleibe?»

Der alte Mann lächelte und sagte: «Warte, bitte.»

Der Junge war überrascht, dass der Mann einen ausländischen Akzent hatte. Er wusste nicht, was für ein Akzent es war, und dachte einen Augenblick lang entsetzt, der Mann sei vielleicht Engländer, doch es klang nicht so. Engländer, dachte er, reichten einem ihre Worte mit silbernen Zuckerzangen. Sie sprachen, als würde jedes Wort mit Teegebäck und Porzellantassen serviert, oder sie sprachen wie Soldaten und rollten die Worte – voller Drohung und Angst. Dieser Akzent klang anders. Er klang nach Kies. Er klang, als hätte der alte Mann Steine im Kehlkopf.

Der alte Mann trat mit einer Schwimmweste in der Hand hinter dem Haus hervor und bedeutete dem Jungen mit einem Wink, nach hinten zu kommen, wo der

. . . .

Kajak an die Wand gelehnt stand. Der Junge wusste, dass er das Boot hoch über dem Kopf tragen musste, und der alte Mann nickte beifällig, als er sah, wie er die Paddel auf die Schultern legte.

Vorsichtig schoben sie sich an den Rosen vorbei.

«Er ist leicht», sagte der Junge, obgleich das Boot viel schwerer war, als er erwartet hatte.

Sie liefen zum Pier, und der alte Mann sah aus, als ginge er Tagen entgegen, die längst vorüber waren.

Am Pier brauchten sie lange, um den Spritzschutz zu befestigen, der verhindern sollte, dass Wasser ins Boot schlug, und dann reichte der Mann ihm die Schwimmweste und sagte, er solle sie anlegen.

Der Junge sah zu dem blonden Mädchen im Badeanzug und spürte, dass er verlegen errötete.

«Ich brauche keine Schwimmweste.»

«Leg sie an.»

«Warum?»

Der alte Mann lächelte, und der Junge legte die Schwimmweste an.

«Ich kann schwimmen.»

«Ich hab dich aber nicht gefragt, ob du schwimmen kannst.»

«Stimmt.»

Es war Flut, und darum brauchten sie das Boot nicht abzuseilen. Sie warfen es aufs Wasser, und der alte Mann kletterte ein paar Sprossen hinunter und stieg geschickt hinein. Er sagte, es sei gefährlich, das Boot vom Pier zu werfen. Es sei eigentlich seine Faulheit, die

· · · · · · ·

ihn dazu verleite – er habe keine Lust, das Boot den ganzen Weg bis zum Strand zu tragen. Mit Schrecken stellte der Junge fest, wie schwierig es war einzusteigen. Der alte Mann nahm seinen Arm und half ihm, dennoch war er sicher, dass er ins Wasser fallen würde. Er spürte den Schweiß in den Achselhöhlen und war plötzlich froh, dass er die Schwimmweste angelegt hatte. Als er die Hand ins Wasser streckte, fühlte es sich überraschend kalt an.

Der alte Mann fragte ihn, ob er bereit sei, aber bevor er antworten konnte, glitten sie schon übers Wasser.

Die Sonne beleuchtete das halbe Hafenbecken. Der Rest lag im Schatten einer Wolke.

Während sie in der Nähe des Piers umherpaddelten, redeten sie sehr wenig. Der Junge saß vorn und konnte das Gesicht des alten Mannes nicht sehen, und er fragte sich, ob er sich wohl langweilte. Das Boot erschien ihm zerbrechlich – es war, als säße er direkt auf der Wasseroberfläche, und die Nervosität ließ seine Hände zittern. Das Paddel war schwer zu bedienen, und der Junge glaubte, dass sie sogar hier, im ruhigen Wasser des Hafens, kentern würden. Sie waren weiter draußen als die Schwimmer, und er hatte das Gefühl, als würden alle Leute am Strand sie beobachten. Sein Kopf wurde leicht, und er musste gegen das Glücksgefühl ankämpfen. Der alte Mann erklärte ihm, wie er das Paddel führen, wie er es drehen musste, damit das Blatt seitlich durch die Luft schnitt. Er sagte, alle guten Dinge erforderten nur ein Minimum an Aufwand. Das

Blatt durfte nie zu tief eingetaucht werden, denn dann musste man zu viel Kraft aufwenden. Und wenn man das Paddel aus dem Wasser hob, durfte es nur wenige Spritzer geben – es sollte aussehen, als sei das Meer kaum berührt worden.

«Kämpf nicht gegen das Wasser an», sagte der alte Mann. «Lass das Meer die Arbeit tun.»

Der Junge versuchte, den Akzent des Mannes einzuordnen, und war sich noch immer nicht sicher, doch nach einer Weile fiel ihm das Paddeln leichter, und er fragte den alten Mann, woher er sei.

«Litauen», sagte er.

«Litauen?»

«Weißt du, wo das ist?»

«Ja.»

Der Junge hatte keine Ahnung, wo Litauen lag, und als er das schließlich zugab, steuerten sie eine Boje an und hielten sich an ihr fest. Der Junge drehte sich halb um, während der alte Mann mit einem feuchten Finger den Umriss der UdSSR auf die Boje malte. Die Wärme ließ die Umrisse bald wieder verschwinden. Auf dem Handrücken des Mannes waren große Leberflecken, und der Junge dachte, dass er aus ihnen die Karte hätte machen können. Der Mann sagte, er sei früher Holzfäller in den Kiefernwäldern nahe der polnischen Grenze gewesen, habe seine Heimat aber schon vor über dreißig Jahren verlassen und seitdem in verschiedenen Ländern Europas gelebt, von Geld, das ihm ein Verwandter aus New York schicke.

. . . .

Dem Jungen schwindelte angesichts der gewaltigen Entfernungen, die dieser Hafen enthielt.

An diesem Nachmittag lernte er, wie man das Paddel mit einer leichten Drehung eintauchte, um die größte Wirkung zu erzielen, und dass man den Kajak mit einer Bewegung aus dem Handgelenk steuern konnte. Seine Arme wurden müde, und seine Beine schmerzten, weil er sie die ganze Zeit anwinkeln musste. Als sie wieder am Pier angelangt waren, klopfte ihm der alte Mann auf die Schulter und sagte: «Das hast du gut gemacht. Komm morgen wieder. Dann lernst du noch mehr.»

Der Junge rannte nach Hause.

Seine Mutter wartete auf ihn, und am frühen Abend, nach dem Essen, erzählte sie ihm von seinem Onkel, von dem, was sie durch das Telefon am Pier erfahren hatte, und er stellte es sich vor: der Puls schwächer, die Füße kälter, der Geschmack des Wassers metallisch, Kopfschmerzen, Schwindelanfälle, und dann die brennende Qual, die schließlich in ihrer eigenen Stumpfheit versank, die Augen, die mit jedem Tag tiefer in den Höhlen lagen, der sinkende Blutdruck; über seinem Kopf ein Infusionsbeutel, Galle auf dem Kissen.

«Er zieht es bis zum Ende durch», sagte seine Mutter.

«Wird er sterben?»

«Er zieht es bis zum Ende durch», sagte sie noch einmal.

«Hat er noch den Husten?»

«Ja.»

«Und geben sie ihm Medizin?»

«Nein. In den Medikamenten ist Zucker oder Eiweiß oder so – er kann sie nicht nehmen.»

«Stellen sie ihm immer noch Essen ans Bett?»

«Ja.»

«Diese Wichser.»

Sie stutzte, als sie seinen Fluch hörte, und eine Antwort zuckte auf ihren Lippen, doch sie sagte nichts. Später kniete seine Mutter nieder.

«Wichser», sagte er noch einmal, bevor er zu Bett ging, und hörte von dort, wo sie kniete, ein ersticktes Schluchzen.

Der alte Mann erwartete ihn an der niedrigen Mauer vor dem Haus. Er verteilte Tabak gleichmäßig auf einem Zigarettenpapier und drehte sich eine Zigarette. Auf seinen Handrücken zeichneten sich die Knochen ab und wiesen wie die Rippen einer Kammmuschel auf seine Finger. Der alte Mann leckte die Gummierung des Papiers an und drehte die Zigarette langsam zu. Der Junge hatte die Kippen in der Tasche, die er aus dem Aschenbecher seiner Mutter genommen hatte, aber er wollte sich vor dem alten Mann keine anstecken. Neidisch sah er zu, wie die Zigarette knisternd Feuer fing. Aus der Nase des alten Mannes kamen zwei dünne Rauchstreifen, und der Junge beugte sich ein wenig vor, um den Geruch einzuatmen.

. . . .

«*Einam*», sagte der alte Mann.

«Was?»

«Gehen wir.»

«Soll ich den Überzug festmachen?»

Der alte Mann lachte und sagte: «Schürze. Ich habe es dir gestern gesagt. Man nennt es Schürze.»

«Soll ich sie festmachen?»

«Ja.»

Der Junge sah sich um, zog die Schürze über den Kopf und hob den Kajak hoch.

Anstatt das Boot vom Pier zu Wasser zu lassen, gingen sie zum Strand, zogen Schuhe und Strümpfe aus und wateten in die Brandung. Es nieselte, und der Strand war leer. Der Junge setzte sich in den Kajak, und der alte Mann stand neben ihm, bis zu den Hüften im Wasser. Er erklärte dem Jungen, was er tun musste, falls der Kajak einmal kentern sollte: das Paddel unter Wasser voll durchziehen und dabei den Oberkörper nach vorn abknicken, damit das Boot durchrollte und sich wieder aufrichtete. Bei einem Zweierboot sei das sehr schwierig, sagte er, aber es sei eine gute Übung. Sollte es ihm einmal nicht gelingen, so könne er immer noch die Schürze öffnen, sich an das Boot klammern und hoffen, dass die Flut ihn wieder an Land tragen werde.

Plötzlich kippte der alte Mann das Boot, und der Junge war unter Wasser. Er ruderte mit den Armen und versuchte, das Paddel einzusetzen, ohne Erfolg. Er riss an der Schürze, und einen Augenblick lang zappelte er unter Wasser, dann kam er schnaufend und spuckend an die Oberfläche. Der alte Mann beugte sich hinunter und packte den Jungen unter den Armen.

«Verdammte Scheiße.»

«Wie bitte?»

«Warum haben Sie das getan?»

«Steig wieder ins Boot.»

«Ich kann nicht. Verdammte Scheiße. Ich bin klatschnass.»

«Steig ein», sagte der alte Mann. «Ich halte das Boot.»

«Verdammte Scheiße.»

Er hustete und spuckte Meerwasser aus und übertrieb sein Zittern.

«Steig ein», sagte der alte Mann, hob geduldig das Boot hoch und leerte den größten Teil des Wassers aus. Er tat das ganz mühelos, und dann hielt er das Boot, und der Junge stieg ein. Er musste sein Bein weit hochheben und fühlte sich dumm und verletzlich. Seine Hose war tropfnass und schwer. Der alte Mann legte die Hand unter seinen Hintern, und er zuckte vor der Berührung zurück. Als er schließlich im Boot saß, waren seine Füße in dem Wasser, das noch darin schwappte.

«Mir ist scheißkalt.»

Der alte Mann sagte nichts.

«Das ist blöd.»

Es dauerte eine Ewigkeit, die Schürze wieder zu befestigen, und kaum war er fertig, da kippte der alte Mann das Boot abermals.

Der Junge versuchte nicht einmal, den Kajak mit Hilfe des Paddels aufzurichten. Er riss die Schürze ab und kam prustend an die Oberfläche. Er starrte den alten Mann an, schob das Boot weg und warf das Paddel hinterher. Als er die Schürze ausziehen wollte, begann der alte Mann plötzlich zu lachen. Der Junge sah ihn an. Der alte Mann legte den Kopf in den Nacken; er hatte den Mund aufgerissen und die Augen geschlossen.

«Worüber lachen Sie?»

«Ich lache, weil es komisch ist.»

«Ich möchte Sie mal sehen, wenn Sie klatschnass sind.»

«Möchtest du das?»

«Ja.»

«Wirklich?»

«Ja, wirklich.»

Der alte Mann ließ sich rücklings ins Wasser fallen und tauchte unter. Nur seine Mütze schwamm auf der Wasseroberfläche. Der Junge griff danach und reichte sie ihm, als er wieder auftauchte. Beide begannen, leise zu lachen, und der Junge dachte, dass sie wahrscheinlich einen seltsamen Anblick boten, er und der alte Mann: im seichten Wasser, tropfnass, lachend.

Nach einer Weile stemmte der alte Mann die Arme in die Seiten, atmete tief durch und schüttelte den Kopf. Dann legte er dem Jungen die Hand auf die Schulter, schnaufte noch einmal und sagte: «Steig wieder ein.»

«Na gut.»

«Und diesmal», sagte er, «setz das Paddel richtig ein.»

«Okay.»

«Und bitte keine schmutzigen Wörter.»

Jeden Tag fuhren sie mit dem Boot, während sein Onkel immer schwächer wurde. Die Stadt wirkte klein vom Wasser aus, eingebettet zwischen die beiden Landzungen, vom Strand gesäumt. In der Ferne verbogen die Berge die asphaltierten Straßen nach Belieben. Der Himmel über den Bergen war azurblau, kühl und heiter. Die ganze Szenerie hätte von einer Postkarte stammen können.

Der alte Mann und er blieben im Hafen, fuhren von Boje zu Boje und legten manchmal an größeren Booten an. Er lernte, den Kajak zu steuern, Kreise und Achten zu fahren, und ein- oder zweimal ließen sie sich von den Wellen an den Strand tragen.

Vögel kreisten über ihnen, und manchmal tat der alte Mann, als redete er mit ihnen, und gab seltsame Krächzer und Schreie von sich, die den Jungen zum Lachen brachten.

Um die Mittagszeit kam die alte Frau an den Pier, um ihnen zuzusehen, und brachte ihnen Brote und Milch. Sie aßen sie auf dem Pier und ließen die Beine baumeln. Er erfuhr, dass sie Vytis und Rasa hießen. Wenn die beiden alten Leute sich unterhielten, sprachen sie meist litauisch, aber das machte dem Jungen nichts aus, denn er kam sich ohnehin vor, als wäre er in einem fremden Land, und nach einer Weile erkannte er bestimmte, immer wiederkehrende Wörter – *berniukas, duoshele, miela, pietus* –, auch wenn er nicht genau wusste, was sie bedeuteten. Nach der Mittagspause fuhren sie noch etwa eine Stunde mit dem Boot. Der alte Mann trug keine Uhr, sagte aber, er könne die Uhrzeit anhand des Glockenschlags der Kirchen bestimmen, und manchmal sagte er ihn sogar voraus.

Er sagte, er sei gern früh zu Hause, und das schönste im Leben sei ein Nickerchen am Nachmittag – das sei für ihn die beste Zeit des Tages. Er genieße es, die Vorhänge zuzuziehen und in seltsamen Träumen zu versinken.

Während die beiden alten Leute schliefen, spritzte der Junge den Kajak mit einem Schlauch ab und ging dann zurück zum Wohnwagen. Unterwegs sah er in verschiedene Papierkörbe, in der Hoffnung, eine Zeitung zu finden, weil er das Horoskop lesen wollte. Eines Nachmittags kam er zu dem Schluss, dass sein Onkel Skorpion sein musste, denn in der Zeitung stand, dass im Augenblick große Schwierigkeiten zu bewältigen seien, doch weil demnächst ein bestimmter Planet in eine andere Sphäre übergehe, werde sich alles plötzlich klären.

Seine Mutter freute sich über seine Kajakausflüge und sagte, wenn er sie fortsetze, werde sie sein Taschengeld erhöhen, sodass er sich eines Tages seinen eigenen Kajak werde kaufen können. Er nahm das

. . . .

Geld, lief sofort wieder in die Stadt und gab alles im Spielsalon aus.

Am vierten Morgen verließen der alte Mann und er den Hafen, durchquerten vorsichtig den Zusammenfluss der beiden Strömungen und fuhren hinaus in den sich ständig bewegenden Kordstoff aus kleinen Wellen.

Der Junge sah aufgeregt, wie groß die Entfernung zwischen ihm und der Stadt war. Auch er schrie den Möwen über ihnen zu. Weit draußen schien der Horizont gewaltig und platt gedrückt von einem blassblauen Himmel. Sie paddelten eine Stunde lang, die Stadt im Rücken. Das Meer blieb bemerkenswert ruhig.

Als sie sich treiben ließen, drehte sich der Junge halb um. «Ich will Ihnen was sagen», begann er. «Sehen Sie diese schwarze Armbinde hier?»

«Ja?»

Er stotterte und merkte, dass seine Kehle ausgetrocknet war. Schließlich erzählte er dem alten Mann von seinem Onkel, und dann paddelten sie eine Stunde lang weiter, ohne ein Wort zu sagen.

Er hatte das Gefühl, als wäre der Hafen mit Bedeutungen beladen, als wollte jede Welle etwas mitteilen, und als das Schweigen immer lastender wurde, dachte er, der Litauer würde etwas Weises sagen, aber als sie den Kajak auf den Pier zusteuerten, räusperte sich der alte Mann nur, senkte die Stimme und sagte, es tue ihm Leid, es sei eine traurige Geschichte, auch er sei als Junge traurig gewesen, aus Gründen, die keine Rolle mehr

• • • • • • •

spielten, und seine Freude entspringe jetzt einfachen Dingen, für die keine Erinnerung nötig sei.

Fünfunddreißigster Tag: 126,4 lbs   57,25 kg   105/55
Sechsunddreißigster Tag: 125, 9 lbs   57,03 kg   107/52

Bei der Messe war er überrascht, dass einige ältere Leute seine Mutter noch aus der Zeit kannten, als sie ein Mädchen gewesen war. Sie lächelten und behaupteten, sie sehe aus wie ein Teenager, und das war ihm so peinlich, dass er erschauerte. Er zog eine Grenze zwischen sich und ihnen, indem er das Gesangbuch neben sich auf die Bank legte. Seine Mutter hatte ihm gesagt, er solle ein sauberes blaues Hemd mit Button-Down-Kragen anziehen, aber er ließ mit Absicht einen Zipfel aus der Hose hängen. Während der Predigt versuchte sie, den Hemdzipfel wieder in die Hose zu stecken, doch er schob ihre Hand beiseite, und sie lächelte nur.

Die Kirche war neu und steril und hatte hohe Fenster.

Als sie zum Abendmahl gingen, blieb er ein paar Schritte hinter ihr. Zum ersten Mal hörte er deutlich die Worte: «Dies ist der Leib Christi.» Er fragte sich, ob die Hungerstreikenden, die bereits gestorben waren, die Letzte Ölung erhalten hatten, und wenn ja, ob sie auch diese Oblaten bekommen hatten. Die Frage quälte ihn, und er stellte sich vor, wie ausgemergelte Männer mit weißen Talern auf den Zungen im Gefängnis-

· · · · · · ·

krankenhaus umhergingen und sich fragten, ob sie sie hinunterschlucken sollten oder nicht. Das Gewicht der Oblaten drückte auf ihre Zungen, sodass sie Gott nicht fragen konnten. Ihre Augen füllten sich mit Tränen. Langsam lösten sich die Oblaten in der Spucke auf, und der Hungerstreik war gebrochen. Ein Gefängnisarzt kam und freute sich. Die Männer sanken auf die Knie und starben trotzdem an Auszehrung.

Seine Mutter stieß ihn in die Rippen, und er sah auf und merkte, dass die Messe vorüber war.

Draußen schüttelte der Pfarrer allen die Hände. Der Junge wartete in einiger Entfernung auf einer Steinmauer, während sich seine Mutter einen Weg durch die Menge bahnte. Er bemerkte, dass die Hand des Pfarrers den Ellbogen seiner Mutter streifte, und sagte laut: «Du geiler Bock.»

Ein Mann mit einem langen, sonnenverbrannten Gesicht nahm sie in seinem Auto mit. Die Frage, ob sie vorhätten, zum Ponyrennen zu gehen, verneinte seine Mutter mit einer Entschiedenheit, die ihn freute.

Im Zeitungsladen kauften sie die Sonntagszeitungen, zwei Laibe Brot und vier Sahne-Eclairs. Als sie aus dem Laden traten, kamen die beiden alten Leute herein. Sie sahen aus, als hätten sie im Garten gearbeitet.

Die alte Frau zwinkerte ihm zu, und der Mann tätschelte seinen Kopf, und der Junge konnte das zarte Gewicht seiner Hand noch spüren, als sie die Straße hinuntergingen.

«Das war mein Freund», sagte er zu seiner Mutter.

· · · · · · ·

«Ach, das war er? Er ist nicht gerade das blühende Leben», sagte sie und lachte leise.

«Was soll das denn heißen?»

«Nur ein kleiner Scherz.»

«Was soll das heißen?»

«Es war nur ein Witz, Schatz.»

«Du doch auch nicht. Du riechst schlimmer als er.»

«Hör zu, Schatz – das war bloß ein kleiner Witz. Reg dich nicht auf.»

Er verzog das Gesicht, schlurfte hinter ihr her und versuchte, an seinen Achselhöhlen zu riechen. Die Schachfiguren fielen ihm wieder ein, und er dachte: Scheiß auf die Königin, ich bin ein Springer.

Im Wohnwagen breiteten sie die Sonntagszeitungen auf dem Tisch aus. Es waren zwei jahrealte Fotos von seinem Onkel darin. Er strich mit den Fingern über das Gesicht, dann schnitt er die Bilder sehr sorgfältig aus, steckte eines in die Hemdtasche und befestigte das andere mit Klebestreifen über seinem Bett. Später, als er mit seiner Mutter Schach spielte – sie benutzten die hölzernen Figuren –, klopfte er auf das Foto in seiner Tasche, und es fühlte sich an, als tasteten seine Finger über die Rippen seines Onkels. Sie traten bereits so hervor wie die eines abgemagerten Pferdes und machten Geräusche wie ein Musikinstrument. Als er die Hand tiefer in die Tasche schob, spürte er, wie das Wasser im Bauch seines Onkels hin und her schwappte.

. . . .

Auf dem Friedhof, nach dem Kajakfahren, entdeckte er abermals ein Glas auf dem Grabstein des Jungen, der in seinem Alter gewesen war. Diesmal waren keine Lippenstiftspuren daran, nur Bierringe, die anzeigten, wie viele Schlucke auf einmal getrunken worden waren. Er nahm es mit nach Hause, und seine Mutter spülte es versehentlich aus und benutzte es als Vase, die sie ordentlich in die Mitte zwischen Salz- und Pfefferstreuer auf den Tisch stellte. Die Blumen nickten jedes Mal, wenn die Tür des Wohnwagens geöffnet wurde. Nach einer Weile gefiel ihm der Gedanke, dass das Glas benutzt wurde, und er fragte sich, ob er am Ende des Sommers eine kleine Sammlung haben würde. Einer ihrer Nachbarn in der Wohnanlage sammelte Gummigeschosse und bestimmte anhand der Kerben, was sie getroffen hatten – welche Mauer, welchen Wagen, welches Lagerhaus, welchen Körper. Je kürzer die Flugbahn gewesen war, desto tiefer waren die Kerben. Es war eine einfache Logik – der Junge konnte sie auf die Ringe übertragen, die das Bier auf der Innenseite des Glases hinterlassen hatte.

Achtunddreißigster Tag: 123,8 lbs   56,08 kg
Neununddreißigster Tag: 123,4 lbs   55,9 kg
Vierzigster Tag: 124   lbs   56,17 kg
                         So lange hat Jesus gefastet.
Einundvierzigster Tag: 123,6 lbs   55,99 kg

Wenn er sich im Spiegel betrachtete, fand er sich jetzt älter. Er entdeckte ein Haar auf seiner Brust, und am nächsten Morgen ging er mit einer gewissen Verwegenheit und ehrgeizig aufgeknöpftem Hemd in die Stadt.

Am Ende des Piers warf er den Frauen, die die knappsten Bikinis trugen, Küsse zu. Sie winkten ihm und luden ihn in ihre Schlafzimmer ein, wo sie endlos vögelten. Manchmal trieb er es mit zweien oder dreien auf einmal – ihnen gefiel seine Art zu reden, und sie sagten ihm, er habe den größten Schwanz, den sie je gesehen hätten. Er tänzelte lachend und jubelnd die Straße am Strand entlang und hörte sie rufen, sein Schwanz sei so groß, so gewaltig, und ihre Männer könnten so etwas nicht einmal dann zustande bringen, wenn sie alle ihre Schwänze zusammenbinden würden. Als der alte Mann aus dem Haus kam und ihn fragte, warum er denn so herumschreie, erbleichte er und stotterte, es sei nichts Wichtiges – er habe nur den Fischerbooten zugerufen, und der alte Mann sagte, das sei kein schlechter Zeitvertreib. Als er weit genug vom Haus entfernt war, lachte der Junge wieder, und die Frauen riefen und winkten von allen Seiten.

Eines späten Abends erwischte sie ihn, als er auf der Friedhofsmauer saß und sich Rauch über seinem Kopf kräuselte. Sie sah in ihre Handtasche und sagte ihm, er solle keine Zigaretten mehr stehlen. Er sagte, er werde es nicht mehr tun, aber das war gelogen.

«Dein Daddy hat nie geraucht», sagte sie.

Sie saßen auf der Klippe, unter einem tintigen Himmel, und der Junge war überrascht, als er sah, dass sie weinte, auch wenn sie sagte, es sei nur der Wind, der ihre Augen reize. Sie erinnerte sich an die Zeit, bevor sie und sein Vater geheiratet hatten. Das war in den Sechzigern gewesen, und sein Vater und sie waren an den Wochenenden aus dem Norden gekommen und hatten in einer verlassenen Holzhütte am Meer kampiert, nicht weit von hier. Nachts hatten sie in der alten Hütte geschmust. Sie sagte es mit einem Augenzwinkern, und der Junge lachte. «Geschmust», sagte sie noch einmal. Schmusen. Seine Mutter war jetzt aufgestanden – die Erinnerung erfüllte sie mit Leben. In jener Stadt, sagte sie, habe es Fischer gegeben, und die Vögel seien gekommen und hätten die Innereien der Fische aufgepickt, die in der Nähe der Boote herumgelegen hätten. Dann seien die Vögel zu der verlassenen Hütte geflogen, und manchmal hätten sie ein Stück der Innereien auf das Dach fallen lassen, das morsch wurde und durchhing. Einmal fiel ein Balken herunter. In jenen Sommern war die Luft süß und mild, und als der Herbst kam, flogen Blätter herein und deckten sie zu. Sie blieben in der Hütte und schmusten, seine Mutter und sein Vater.

Vor seinem inneren Auge tauchte das Gesicht seines Vaters auf: langes, dünnes, schütteres Haar, dunkle Augen, eine schroffe Nase. Er hatte das Gefühl, als könnte er die Hand ausstrecken und es berühren.

Sie lachte jetzt und erschien ihm mit einem Mal sehr jung, aber dann erwähnte er seinen Onkel, und sogleich fühlten sie sich schuldig, weil sie gelacht hatten.

«Erzähl mir von ihm», sagte er.

«Ich hab ihn nicht wirklich gekannt.»

«Hat Daddy ihn gemocht?»

«Ja, als sie jung waren. Sie haben zusammen auf der Farm gearbeitet. Sie haben schöne Zeiten erlebt. Sie haben das Heu geerntet und die Kühe gemolken und Mauern ausgebessert, wenn es nötig war.» Sie hielt inne. «Als sie älter wurden, haben sie sich oft gestritten.»

«Worüber?»

«Dein Vater hat nie geglaubt, dass man Krieg mit Krieg bekämpfen kann.»

«Siehst du?», sagte der Junge. «Sogar du sagst, dass es ein Krieg ist.»

Sie wickelte eine Haarsträhne um ihren Finger. «Es ist ein Krieg. Ja, es ist ein Krieg», sagte sie traurig.

«Dann sollten sie bekommen, was sie wollen.»

«Ja, vielleicht.»

«Ganz einfach.»

«Nichts ist einfach, Schatz», sagte sie.

«Hasst du ihn?»

«Natürlich hasse ich ihn nicht. Er ist mein Schwager.»

«Ich weiß, dass du ihn hasst. Ich merke es doch. Du hasst ihn. Ich weiß es.»

«Ach, Schatz.»

«Es war eine abgekartete Sache.»

. . . .

129

«Ach, komm, lass uns jetzt nicht –»

«Achtzehn Jahre für Sprengstoff, den er nie benutzt hat», sagte der Junge.

«Das war vielleicht nicht alles, was er getan hat.»

«Aber das war der Anklagepunkt. Sprengstoff.»

«Das stimmt, aber man weiß nie –»

«Aber ich weiß es. Es war eine abgekartete Sache.»

«Ich finde das genauso schlimm wie du. Aber andere sterben auch. Unschuldige.»

«Er hat nicht mal eine richtige Verhandlung gekriegt.»

«Die anderen, die gestorben sind, auch nicht», sagte sie.

Der Junge dachte darüber nach und sagte dann: «Warum können wir nicht nach Hause fahren?»

«Ich dachte, es gefällt dir jetzt hier. Das Kajakfahren und so. Ich dachte, du hast dich langsam ein bisschen eingewöhnt.»

Die Wellen donnerten an die Felsen unter ihnen, und der Junge pflückte einen Grashalm und steckte ihn zwischen die Zähne. Als er aufsah, schoss eine Sternschnuppe über den Himmel.

«Warum können wir nicht nach Hause fahren?», fragte er noch einmal.

Sie seufzte. «Ich will nicht da sein und es mit ansehen.»

«Aber ich.»

«Ich will aber nicht, dass du es siehst, Schatz.»

«Ich bin kein Kind mehr.»

Sie saßen schweigend da, bis er sie fragte, ob sein Vater jemals etwas Schlimmes getan habe, und sie sagte: «Nein, nie», und an der Art, wie sie es sagte, erkannte er, dass das die Wahrheit war.

Eine bestimmte Erinnerung an seinen Vater wurde in ihm wach: Der Junge war erst fünf. Ein paar Altwarenhändler kamen zu der Wohnanlage und wollten einen Kühlschrank verkaufen. Sein Vater war gerade arbeitslos, sie hatten wenig Geld und keinen Kühlschrank. Die Milch wurde sauer, und die Essensreste verschimmelten. Seine Eltern hatten oft davon gesprochen, dass sie einen Kühlschrank kaufen wollten, und dieser hier war praktisch geschenkt – nur zwanzig Pfund. Der Junge freute sich auf die kalte Milch.

Sein Vater ging hinaus, um sich den Kühlschrank anzusehen, aber als er die Brandspuren an der Seitenverkleidung bemerkte, machte er auf dem Absatz kehrt, sagte: «Nein», und knallte den Männern die Tür vor der Nase zu.

«Bombenschaden», sagte sein Vater zu seiner Mutter.

Vierundvierzigster Tag: 122, 4 lbs 55,44 kg 105/60
Fünfundvi…

«Es ist vorbei», rief sie und kam den Hügel hinaufgerannt, «es ist vorbei, es ist vorbei, es ist vorbei.» Er warf das Notizbuch in die Luft und stürzte aus dem

· · · · · · ·

Wohnwagen. Sie reckte die Faust. Ihre Wangen waren gerötet. Er umarmte sie, und sie schwenkte ihn im Kreis herum, bis sie beide zu Boden fielen und die Schuhe von sich schleuderten, dass sie durch die Luft wirbelten. Außer Atem lagen sie im hohen Gras. Sie sagte, die Gefangenen hätten eine Erklärung abgegeben, man sei sich einig, es seien nur noch einige Formalitäten zu klären. Sie sprang auf und tanzte auf der orangefarbenen Gasflasche am hinteren Ende des Wohnwagens. «Ich wusste, es würde irgendwann ein Ende haben», rief sie. «Gott sei gedankt!»

Er nahm ihre Hand, und sie sprang von der Gasflasche, und dann rannten sie durch das Gras zur Klippe, wo sie so außer Atem war, dass sie schwor, sie werde das Rauchen aufgeben. Sie tanzten über dem Meer, sie wirbelten herum und drehten sich. Später kochte sie ihnen ein riesiges Abendessen aus Würsten, Speck, Tomaten, Eiern und gebratenem Brot, und zum Nachtisch gab es Eiscreme in roter Limonade. Vom Eis bekam sie einen weißen Schnurrbart – er zeigte es ihr im Spiegel, und sie kicherte ausgelassen. Sie machte eine Flasche Wein auf und gab ihm sogar den letzten Zug von ihrer letzten Zigarette. Er tat, als würde ihm davon schwindlig, und taumelte im Wohnwagen umher. «Achtung», rief er lachend. «Achtung!»

Sie stellten das Radio sehr laut, gingen hinaus, hakten sich unter und tanzten, und einen Augenblick lang schien alles vollkommen zu sein.

· · · · · · ·

Später in der Nacht – nachdem im Radio ein erneuter Abbruch der Gespräche gemeldet worden war – öffnete er den Reißverschluss seines Schlafsacks, holte das Radio unter dem Kopfkissen hervor und rutschte zum Fußende des Betts, wobei er Acht gab, dass sein Schwanz nicht durch den Schlitz in der Pyjamahose zu sehen war. Er zog das weiße Hemd seines Vaters an und darüber einen Troyer, damit er nicht fror.

Er füllte eine Kasserolle mit Wasser, nahm einen Laib Brot von dem Brett über dem Herd und setzte sich an den Tisch. Langsam riss er die Rinden von den Brotscheiben und legte sie so auf den Tisch, dass sie wie ein Zaun aussahen. Das Radio stellte er in die Mitte. Seine Mutter lag in ihrem Bett am anderen Ende des Wohnwagens und sah ihm zu. Ihre Augen waren rot und verweint.

Das einzige Licht kam vom Mond, der zum oberen Ende des Fensters gewandert war.

Er weichte das Brot ein und brachte es in eine zylindrische Form. Er knetete es sanft mit den Fingern und drückte fester zu, wo der Hals sein sollte. Der Teig gab bereitwillig nach. Er schien sich den Eingebungen seiner Hände zu fügen.

Er legte den Zylinder auf die ausgestreckten Finger und kerbte ihn an einem Ende ringsum mit dem Messer ein. Die Klinge grub sich in den weichen Teig. Dann glättete er den Boden des Zylinders, sodass er auf der Resopalplatte stehen konnte. Er beugte sich hinunter, auf Augenhöhe mit der Figur, und gab ihr eine Krone und zwei Augen, die ihn anschielten. Schließlich verstrich er die Fingerabdrücke und nahm einen Kugelschreiber, um die Augen auszufüllen, aber der Teig nahm die Tinte nicht an. Er dachte einen Augenblick nach, ging zum Schrank und fand eine Blechbüchse mit Kakao. Mit etwas Wasser rührte er eine Paste an.

Er tauchte eine Zinke einer Gabel in die Paste und tupfte eine winzige Menge in die Augenhöhle der Figur. Die braune Farbe sickerte in den Teig. Er fand, dass die Figur aussah, als hätte sie bei einer Schlägerei eins aufs Auge gekriegt.

«Was ist das?»

«Das ist die Königin.»

Sie setzte sich in ihrem Schlafsack auf. «Sie sieht ganz echt aus.»

Er legte die Figur auf seine Hand und ließ sie über die Finger rollen. Er hatte eine Stunde dafür gebraucht, und sie war wunderbar detailgetreu. Am besten gefiel ihm der eingekerbte Fuß. Der Junge saß am Tisch und dachte an seinen Onkel und fragte sich, ob er dabei war, Selbstmord zu begehen; und ob das eine Todsünde war. Aber es war doch bestimmt auch eine Todsünde, einen Menschen einfach sterben zu lassen, oder nicht? Ihm war schwindlig, und seine Kehle war ausgetrocknet. Er ließ die Schachfigur weiter von einem Finger zum anderen rollen. Leise verfluchte er die Dummheit seines Onkels und wünschte sich, dass er schleunigst etwas aß, und dann hasste er sich dafür, dass er solche Gedanken hatte.

Seine Mutter sah ihm noch immer aufmerksam zu, und so stach er der Königin mit der Gabelzinke die Augen aus und begann, die Krone zu zerstören. Dann hob er die Figur hoch in die Luft, leckte sich die Lippen und aß sie mit großer Gebärde und einer Art demonstrativer Wildheit auf.

«Das mache ich mit der Königin», sagte er.

Er kaute und starrte seine Mutter an. Dann pulte er das Brot zwischen den Zähnen hervor. Es war durchgeweicht und schmeckte grässlich. Seine Mutter stützte den Kopf auf eine Hand, sodass ihr Hals abgeknickt war.

«Sei nicht so wütend. Bitte», sagte sie.

Er ging zum Abfalleimer und spuckte den Rest des Brotes aus. «Ich bin so wütend, wie ich will. Es ist schließlich mein Leben.»

«Bitte nicht.»

«Sie lassen ihn sterben.»

«Vielleicht will er es so, Schatz.»

«Das ist dasselbe.»

«Komm her und leg dich schlafen.»

«Ich will aber nicht schlafen.»

«Dann holt dich der Schwarze Mann.»

«Mama», sagte er, «ich bin dreizehn. Der Schwarze Mann! Mein Gott!»

Sie fummelte an dem Reißverschluss ihres Schlafsacks herum, legte den Kopf auf das Kissen und sah zu, wie er die Hand auf den Tisch legte und die Messerspitze zwischen den gespreizten Fingern auf die

. . . .

135

Tischplatte stieß. Es machte ein helles Geräusch auf dem Resopal.

«Mach den Tisch nicht kaputt.»

«Nein.»

«Leg bitte das Messer weg.»

Er klappte die Klinge ein.

«Scheißkönigin!», schrie er plötzlich und erschrak selbst über den Fluch. «Scheiß-Maggie-Thatcher! Ich scheiß auf sie! Verdammte Fotzen! Verdammte Wichser! Ich scheiß auf jeden verdammten Soldaten, den es je gegeben hat!»

Es trat eine Stille ein, wie er sie noch nie gehört hatte.

Seine Mutter saß aufrecht im Bett, schlüpfte aus dem Schlafsack und ging zum anderen Ende des Wohnwagens. Sie sah ihn nicht an, sondern ging zu ihrem Bett und kniete nieder. In ihren Kniekehlen waren Falten. Sie beugte den Kopf.

«Unser täglich Brot gib uns heute», sagte er giftig.

«Geh ins Bett. Wir sprechen uns morgen. Und du bleibst für eine Weile hier – keine Ausflüge, kein Kajak, nichts.»

Er rührte sich nicht. Sie beendete ihr Gebet und stieg in der gewaltigen, aufmerksamen Stille in ihr Bett. Er flüsterte noch einmal: «Scheißkönigin!» – laut genug, dass sie es hören konnte, aber sie hatte den Kopf abgewendet. Er hörte, wie sie in das Kopfteil des Schlafsacks schluchzte, und sagte laut, es tue ihm Leid, aber sie drehte sich nicht um.

. . . .

Nach einer halben Stunde sagte er noch einmal: «Es tut mir Leid, Mama», aber sie war eingeschlafen.

Er begann, ein zweites Stück Brot durchzukneten, und die Stunden glitten dahin, und am Morgen hatte er einen Satz Schachfiguren – weiße und kakaobraune. Es fehlten nur zwei.

Nach drei Tagen durfte er wieder hinaus, und er rannte hinunter zum Haus, aber es war nichts von ihnen zu sehen, und so schlich er zu einem Seitenfenster. Der alte Mann schlief gerade. Seine Frau saß vor einem Spiegel. Der Junge konnte das Spiegelbild sehen. Das Glas hatte braune Flecken, und sie verschob den Kopf nach links und rechts, um an ihnen vorbeizusehen. Zwischen ihren Halssehnen war eine tiefe Höhlung. Ihre Haut war wie verrostet, und ihre Augen waren erstaunlich grün. Sie zog das Hauskleid aus, und der Junge duckte sich, und als er wieder hochkam, hatte sie schon ihr Nachthemd an. Sie stieg ins Bett, beugte sich über den alten Mann und nahm ein Buch, und für einen Augenblick verschmolzen ihre beiden Körper zu einem.

Der Junge kehrte dem Haus den Rücken und spuckte auf eine Stelle, wo Sonnenlicht an Schatten stieß.

Der Wind wehte vom Meer, und es war, als suchte er nach jemandem. Es war der einundfünfzigste Tag, und er hatte gehört, dass der Zustand eines weiteren Hungerstreikenden kritisch war und dass sein Onkel im

······

Gefängniskrankenhaus seinen Blick nur noch mit Mühe halten konnte und er alles verschwommen sah. Ein Wärter hatte ihm höhnisch ein Fernglas angeboten. Es kursierten Witze über ganz schmale Särge. Sein Onkel war jetzt auf ein Schaffell gebettet, weil seine Haut immer empfindlicher wurde, und man hatte ihm ein Wasserbett gegeben, damit er sich nicht wund lag. Der Junge stellte sich vor, wie er aussah: die eingefallene Brust, die abgemagerten Arme, die Hüftknochen, die sich unter dem Schlafanzug abzeichneten. Er konnte nicht mehr gehen und wurde von Krankenpflegern im Rollstuhl herumgefahren. Obwohl sie Protestanten waren, brachten sie ihm manchmal Tabak mit, der aber seinen Husten nur verschlimmerte. Er durfte täglich eine Stunde lang im Hof des Gefängniskrankenhauses sitzen und hüllte sich trotz des warmen Wetters in ein halbes Dutzend Decken. Er schloss mit den anderen im Krankenhaus Wetten ab, wann bestimmte Krähen sich vom Stacheldraht auf der Mauer erheben würden. Er hatte eine Erklärung hinausschmuggeln lassen, in der es hieß, er habe keine Angst vor dem Tod, denn die Sache sei es wert, sein Leben dafür hinzugeben.

Der Junge dachte allmählich, dass der Tod etwas war, das nur die Lebenden mit sich herumtrugen. Dann fiel ihm ein Gedicht aus der Schule ein: «Und ist Tod tot, hat Sterben aufgehört.» Die Zeile rollte in seinem Mund herum, als er durch die Stadt schlurfte.

Das Kajakfahren lenkte ihn ab. Von draußen auf dem Meer sah die Welt anders aus. In der Wiederholung lag Ruhe. Er spürte, dass seine Arme kräftiger und das kleine Muskelgeflecht an seinem Hals härter wurden. Sein Rücken fühlte sich straff und stark an. Selbst seine Beine begehrten nicht mehr gegen die Anstrengung auf. Er maß den Umfang seines Bizeps mit der schwarzen Armbinde.

Der alte Litauer ließ ihn auch mal hinten sitzen, wo die meisten Bewegungen des Bootes gesteuert wurden, und machte absichtlich Fehler, damit der Junge sie korrigieren konnte. Das Boot trieb nach rechts ab, und er steuerte mehr nach links. Der alte Mann beugte sich zur Seite, damit der Junge lernte, wie man den Kajak mit dem Paddel am Kentern hinderte. Draußen vor dem Hafen gerieten sie in eine Reihe seitlicher Wellen von einem vorbeifahrenden Motorboot und glitten einen Augenblick lang auf einer niedrigen Welle dahin, bis sie von einer anderen getroffen wurden und es schien, als würden sie kentern, doch der Junge drehte geschickt den Bug, und der alte Mann nickte beifällig.

Der Junge spürte, dass er und der alte Mann denselben Rhythmus hatten, dass es eine unsichtbare Achse gab, die sie miteinander verband und die Bewegungen ihrer Arme synchronisierte, dass sie Teile einer Maschine waren und sich gemeinsam von allen anderen Maschinen unterschieden. Er dachte an Zahnräder im Werk des Meeres, die geräuschlos und im genau richtigen Augenblick ineinander griffen. Sie arbeiteten im Gleichklang, und ihre Paddel stießen nicht in der Luft

. . . .

zusammen, und dem Jungen schoss der Gedanke durch den Kopf, dass die Luft zwischen ihnen mit Geheimnissen aufgeladen war.

Weit draußen kehrten sie um, fanden Schutz in einer Bucht, in der Seehunde auf Felsen lagen und bellten, und ließen sich treiben. Das Wasser klatschte an das Boot, und am Ufer bellten die Seehunde.

Der alte Mann rauchte eine Zigarette, und als er sie wegwarf, fischte der Junge die Kippe heimlich aus dem Wasser und steckte sie in die Tasche, um sie später zu trocknen. Er ließ sein Paddel treiben, verschränkte die Hände hinter dem Kopf und überlegte laut, wie viel Kraft man wohl brauchte, um einen Seehund zu erschlagen.

«Es gibt nicht viel, das es wert wäre, dafür zu sterben», sagte der alte Mann.

«Was?»

«Besonders, wenn man ein Seehund ist», sagte er und lachte.

Aber der Junge dachte, dass er von etwas anderem als Seehunden gesprochen hatte, und wurde mit einem Mal wütend. «Warum sind Sie überhaupt hierher gekommen?», fragte er erbittert.

«Ich denke über diese Dinge eigentlich nicht mehr nach.»

«Warum nicht?»

«Weil es leichter ist.»

«Ich würde gern mal einen Seehund erschlagen», sagte der Junge.

· · · · · · ·

Die Sonne schien in einem harten Gelb herab, und am Ufer tanzten Lichtflecke. Das Paddel des Jungen stieß ins Wasser und schob das Boot voran. Der alte Mann nahm seine Wut hin, beugte sich ebenfalls vor und paddelte aus der Bucht. Sie hatten Rückenwind und kamen rasch voran. Bald fuhren sie parallel zur Landzunge und bogen gewandt in den Hafen ein. Weder der Junge noch der Mann sagten ein Wort.

Als sie am Pier anlegten, spuckte der Junge aus, legte den Finger an die Nase und schnaubte einen Rotzbrocken ins Wasser. Der alte Mann lachte in sich hinein.

Auf dem Pier fragte die alte Frau sie, ob alles in Ordnung sei. Beide nickten, und die alte Frau lachte und löste die Spannung auf. Sie hatte ihnen Brote mit Salat und Tomaten mitgebracht und schwenkte sie grinsend.

Sie setzten sich auf den Rand des Piers, und die alte Frau legte dem Jungen einen Arm um die Schultern und sagte, sie sei froh, dass ihr Mann einen Partner für seine Ausflüge aufs Wasser gefunden habe.

«Er hat ein neues Glück», sagte sie.

Der Junge sah sie unter einer Haarsträhne hervor an.

«Wir hatten nie Kinder», sagte sie.

Der alte Mann hustete und warf ihr einen warnenden Blick zu, aber sie lächelte nur zurück.

«Du bist braun geworden», sagte sie zu dem Jungen, und er strich sich über das Gesicht, als wäre es nicht seins.

· · · · · · ·

Sie nahmen ihn mit ins Haus. Er war überrascht von der Ärmlichkeit. Sie trug ein blasses Hauskleid, und ihre Hausschuhe waren aus einem abgetretenen Stück Teppich gemacht. Aus einem ramponierten Sofa quoll die Füllung. Der troddelgesäumte Läufer auf dem Klavier war ausgefranst. Ein leerer Vogelkäfig hing von der Decke, und in dem spärlichen Licht, das durch die kaputten Rollläden fiel, konnte man sehen, dass die Wände gestrichen werden mussten.

Die Frau wärmte eine seltsam riechende Suppe auf, und als sie ihm die Tasse reichte, bemerkte er eine milchige Fäule in ihrem Atem. Sie gab ihm ein rundes Brot mit einem Loch in der Mitte, das wie ein Doughnut aussah. Sie nannte es *baronka* und sagte, woanders heiße es auch «Bagel». Sie hatte es selbst gebacken. Es schmeckte frisch, und er fragte sich, was für Schachfiguren er daraus würde machen können. Er streckte die Füße zum elektrischen Heizofen, der vor dem offenen Kamin stand und unregelmäßige Wärme verströmte. Zwei Schürhaken und eine Feuerzange lagen neben dem Kamin, und der Junge wunderte sich, dass sie kein echtes Feuer machten, und als er den alten Mann fragte, sagte der, im Schornstein brüte eine Mauerseglerfamilie, die er nicht ausräuchern wolle. Als seine Frau und er eingezogen seien, habe es sich angehört, als würde der Schornstein singen.

Als er die Suppe gegessen hatte, fragte ihn die alte Frau, ob es ihm geschmeckt habe. Das Brot war gut, aber eine schrecklichere Suppe hatte der Junge noch nie gegessen. Trotzdem sagte er, sie sei sehr lecker gewesen, und sie lächelte ihm zu und setzte sich in einen alten Drehstuhl aus Eichenholz. Sie drehte sich hin und her und summte dabei vor sich hin. Er sah, dass ihr Hauskleid an den Ellbogen fadenscheinig war. Doch an einem Handgelenk trug sie breite, reich verzierte Armbänder.

Sie schwiegen lange, bis die Frau aufstand, die Hand des Jungen nahm und die angefangene Tätowierung auf seinem Zeigefinger musterte. Sie sagte zu ihrem Mann etwas Schnelles, Gutturales in ihrer Sprache und wandte sich wieder dem Jungen zu.

«Du solltest das nicht tun», sagte sie.

Sie sah ihn eigenartig an, und der Mann nickte und riss mit den Zähnen ein Stück von seinem Brot ab. Der Junge dachte, dass es zwischen ihnen ein Geheimnis geben musste. Sie lehnte sich in ihrem Sessel zurück und schien in Gedanken woanders zu sein. Der Junge betrachtete die Fotos auf dem Kaminsims und sah dem Pendel einer uralten Uhr zu.

Ein hohes, hartes Gefühl der Leere traf ihn im Bauch, und er stellte seine Tasse auf dem Tisch ab und verabschiedete sich. Die alte Frau stand auf und begleitete ihn zur Tür, nahm seine Hand, strich mit dem Finger über die angefangene Tätowierung und beugte sich vor.

«Ich habe gehört von deinem Onkel. Ich hoffe, alles wird gut.»

«Danke.»

«Wenn du älter bist», sagte sie, «wirst du erkennen, dass Schmerz nicht sehr überraschend ist. Verstehst du?»

«Ja.»

Er wandte sich ein wenig ab, und sie küsste ihn auf die Seite seines Kopfes.

«Du bist ein guter Junge», sagte sie.

Er hatte Angst, als er den Weg entlangrannte, vorbei an blühenden Rosen, und als er weit vom Haus entfernt war, rieb er die Stelle, wo sie ihn geküsst hatte. Es war, als wäre er innerhalb und außerhalb ihres Glücks, als könnte er hinein- und hinaustreten, als könnte er sie lieben und gleichermaßen hassen – wie ein Paddel, das zu beiden Seiten des Bootes ins Wasser getaucht wurde.

Er verbrachte den Tag damit, in der Stadt umherzulaufen. Am Kiosk stahl er eine Zeitung mit den neuesten Nachrichten, aber sein Onkel war nirgends erwähnt. Er las einen Leitartikel, in dem es hieß, der Hungerstreik sei wie die Bemühungen eines Erfrierenden, sich zu wärmen, indem er sich selbst in Brand stecke. Er versuchte, das zu verstehen, aber es gelang ihm nicht, und so verbrannte er die Zeitung an der hinteren Begrenzungsmauer des Handballfelds und zerstampfte die Glut.

Zu Hause erreichten die Unruhen einen Höhepunkt. Einige Gefängniswärter waren ermordet worden. In Twinbrook hatte man zwei jugendliche Autodiebe erschossen. Ein junges Mädchen, das Milch eingekauft hatte, war von einem Gummigeschoss am Kopf getroffen worden und lag im Koma. Irgendjemand hatte eine ganze Kuhherde geschlachtet, weil sie einem katholischen Farmer gehörte, und die Kadaver in Form des Wortes NO auf die Weide gelegt. Der Junge versuchte sich die toten Kühe vorzustellen: eine nach der anderen hintereinander aufgereiht, den Schwanz in dem Blut, das aus der Kehle der nächsten sickerte.

Er begann, es als ein seltsames Schachspiel zu betrachten, bei dem er mitmachte, in vorderster Front, eine kleine Figur, die sich auf das Ende des Bretts zubewegte, und das konnte ein Pier oder eine Klippe oder irgendein Teil der Stadt sein, in der er herumging.

Die Fersennaht seines linken Schuhs war aufgeplatzt und öffnete und schloss sich im Rhythmus seiner Schritte. In dem Schrottwagen über der Bucht überlegte er, ob er das letzte unbeschädigte Fenster eintreten sollte, doch stattdessen legte er sich auf den Rücksitz und lehnte den Kopf an den Türrahmen und schrak hoch, als ein weißes Pferd ihn anstarrte. Das Pferd blähte die Nüstern, schüttelte wiehernd den Kopf und galoppierte davon. Er war sicher, den Geist seines Onkels gesehen zu haben, rannte zurück und stürzte atemlos in den Wohnwagen. Die Tür knallte laut. Das Radio war eingeschaltet. Seine Mutter schrieb gerade Songs in ihr Heft. Sie sah auf und schüttelte nur den Kopf: Nein.

Fünfundfünfzigster Tag: 117,4 lbs   53 kg   100/40
Es ist wohl nicht mehr viel
von ihm übrig.

Am Morgen saß sie am Tisch, hatte die Knie angezogen und die Füße auf den Stuhl gestellt. Sie hatte Pfannkuchen für ihn gebacken. Er bemerkte, dass ihre Augen verquollen waren und sie älter aussah als je zuvor. Sie hatte sich seit zwei Monaten nicht mehr die Haare gefärbt, und an ihren Schläfen waren ein paar graue Strähnen. Sie starrte aus dem Wohnwagenfenster.

«Es wird alles gut, Mama», sagte er.

Sie sah ihn an und lächelte.

«Es wird gut ausgehen.»

«Was hast du gesagt?»

«Mach dir keine Sorgen, Mama.»

Sie sagte, er klinge in letzter Zeit immer mehr wie sein Vater – er habe sogar denselben kecken Ton.

«Er hat so alberne Sachen gemacht», sagte sie. «Einmal hat er im Kopfstand eine ganze Flasche Cola getrunken. Und ein anderes Mal hat er absichtlich einen wackligen Tisch gezimmert, an dem er dann gern saß und las. Das muss man sich mal vorstellen. Alle Beine waren unterschiedlich lang, und je nachdem, wo man drückte, schwankte der Tisch wie ein Schiff auf dem Meer.»

«Warum hat er das gemacht?»

«Einfach so», sagte sie. «Er war ein Spaßvogel. Er hat den Leuten alle möglichen Streiche gespielt. Ein-

. . . .

mal hat er einen Kochlöffel mit Superkleber einge-
schmiert, und ich bekam ihn nicht mehr von der Hand.
Er fand das zum Totlachen.»

«Ich bin aber kein Spaßvogel.»

«Nein, aber einen so witzigen Jungen wie dich hab
ich echt noch nie gesehen.»

«Du hast ‹echt› gesagt!»

«Ja.»

«Das ist toll, Mama.»

Sie saßen am Tisch und schnitten die Pfannkuchen
in immer kleinere Stücke.

«Ach, deine arme Großmutter», sagte sie plötzlich,
«deine arme, arme Großmutter.»

Der Junge wusste nicht, was er sagen sollte, und um
ihr eine Freude zu machen, goss er Sirup über die
Pfannkuchenstücke und aß sie mit so viel Genuss wie
möglich. Der Sirup schmeckte sehr süß, und er spülte
ihn mit Tee hinunter, den er in hastigen Schlucken
trank. Einen Augenblick lang dachte er, er müsse sich
übergeben.

Seine Mutter zog die Beine noch weiter an, sodass
ihr Kinn auf den Knien ruhte.

«Was wollen wir heute machen?», fragte sie.

«Wir könnten nach Galway trampen und einkaufen
gehen», sagte er.

«Könnten wir.»

«Oder wir könnten schwimmen gehen.»

«Das ist eine tolle Idee», sagte sie. «Das ist die beste
Idee, die du je gehabt hast!»

Sie nahm seine Hand und zog ihn vom Stuhl hoch. Dann stopfte sie ihren Badeanzug, seine Badehose und ein paar Handtücher in eine weiße Plastiktüte. Sie stieß die Tür des Wohnwagens auf und schlug nicht den Weg zur Stadt ein, sondern ging in östlicher Richtung auf die Landzunge, an dem verlassenen Vauxhall vorbei. Sie sprang über eine Reihe Felsen, hielt seine Hand und lachte, und als sie in die Nähe des Strandes kamen, verschwand sie hinter einem großen Felsblock und zog ihren schwarzen Badeanzug an. Ihre Haut war so bleich wie Kerzenwachs.

«Der Letzte ist ein faules Ei!», rief sie und stieg vorsichtig über die Felsen ins Wasser.

Die Wellen rollten auf sie zu und brachen sich an ihrer Taille, und sie erschienen ihm wie sich öffnende Hände. Sie watete hinein, bis das Wasser über ihre Brüste reichte, und tauchte unter. Zwanzig Meter weiter tauchte sie wieder auf und winkte ihm.

Er ging hinter einen anderen Felsen und zog seine Badehose an. Als er ihr ins Wasser folgte, machte sie bereits einen Schaumstreifen, der sich zu einem V teilte. Er schwamm schneller als sie und hatte sie bald erreicht und überholt. Sie trat Wasser und spritzte nach ihm. Er spritzte zurück, und sie lachten beide.

Er tauchte und schwamm durch die salzige Dunkelheit weg von ihr. Er ließ den Blick über das Wasser schweifen, aber der Kajak war nirgends zu sehen.

Sie schwammen eine Viertelstunde lang, und dann gingen sie wieder den Hügel hinauf und unterhielten sich über das Lied, das sie gerade schrieb. Es ging darin um Möwen und wie sie auf Futtersuche hinabtauchten. Sie summte ihm ein paar Zeilen vor und fragte ihn, wie ihm die Melodie gefiel, und er sagte, er finde sie sehr schön. Sie erklärte, sie wolle das Lied seinem Onkel widmen, und der Junge legte seinen Arm um sie und drückte sie an sich. Sie legte den Kopf an seine Schulter.

«Du wirst langsam ganz schön groß», sagte sie.

Er half ihr den Hügel hinauf und dachte, dass seine Kindheit mit einem Mal von ihm abgefallen war, dass er sie im Meer abgestreift hatte wie eine Haut.

Er forderte sie zu einer Partie heraus. Die Regel war, dass jede geschlagene Figur gegessen werden musste. Nach sieben Zügen opferte er seine Königin. Er ging zum Kühlschrank, holte Butter und Marmelade und strich beides darauf. Diesmal wurde er nicht wütend, als sie sagte, es schmecke köstlich, und sie spielten weiter, bis alle Figuren außer den Königen und einem ihrer Bauern aufgegessen waren.

«Patt», sagte sie.

Als sie seine Hand tätschelte, zuckte er nicht zurück.

«Heute oder morgen», sagte sie.

«Ich weiß.»

«Das ist das Schlimmste, nicht?», sagte sie. «Dass man es weiß. Dass man weiß, wie unausweichlich es ist.»

«Das kann man nie wissen, Mama.»

«Es ist schwer zu glauben.»

«Ja.»

«Weißt du was? Ich wäre gern für eine Weile allein, Schatz.»

«Ja. Klar.»

Er machte noch einen Satz Figuren, ging in die Stadt und klopfte an die Tür des alten Mannes. Er hatte vergessen, den Litauer zu fragen, war aber sicher, dass er Schach spielte. Nachdem er sechsmal geklopft hatte, trat er gegen die Tür, aber es war trotzdem niemand zu Hause. Er überlegte, ob er einbrechen und nachsehen sollte, ob irgendwo Zigaretten herumlagen, aber auf dem Pier standen Fischer, die ihn beobachteten.

Er schob die Hände in die Taschen und ging mit den Schachfiguren, die er in eine kleine Plastiktüte gesteckt hatte, durch die Stadt. Ihm kam ein Gedanke, und er begann, Figuren an verschiedenen Stellen zu verteilen: Einen Turm, den er in den Briefkasten warf, einen Läufer, den er in den Nachttresor der Bank steckte, vier Bauern, die er auf die Mauer am Handballfeld stellte, eine Königin, die er auf die Waage vor der Apotheke stehen ließ, und zwei Springer, die er auf einem Poller am Pier arrangierte. Er suchte das Meer nach dem Kajak ab, doch der war nirgends zu sehen. Da er hungrig war, aß er die restlichen Figuren.

Als der Kajak in den Hafen einbog, tat er, als sehe er ihn nicht. Er saß einfach auf dem Pier und ließ die Beine baumeln.

Der alte Mann trat hinter ihn und sagte: «Hallo.»

Der Junge gab keine Antwort.

· · · · · · ·

«Rasa geht es heute gut, und sie ist so lange nicht mehr mit dem Boot gefahren. Wir dachten, die Sonne würde ihr gut tun.»

«Ja.»

«Es tut mir Leid, dass wir nicht auf dich gewartet haben.»

«Macht nichts.»

«Ich hoffe, du bist uns nicht böse.»

«Nein.»

«Möchtest du etwas Suppe?»

«Nein.»

«Sie schmeckt schrecklich, stimmt's?», sagte der alte Mann und lachte. «Sie ist die schlechteste Köchin der Welt. Als ich sie geheiratet habe, wusste ich das noch nicht.»

Der Junge drehte sich um und versuchte zu lächeln.

«Kommst du morgen?»

«Ja.»

«Wie geht's deinem Onkel?»

«Prima.»

Der Litauer legte die Hand auf seine Schulter. «Du bist stark.»

«Danke.»

«Also dann bis morgen?»

«Ja, bis morgen.»

Er sah zu, wie der alte Mann und seine Frau das Boot zum Haus trugen, und er hörte ihre dumpfen Stimmen, die in dem Hohlraum widerhallten.

Er hatte auf dem Pier ein paar Zigarettenkippen ge-

. . . .

funden und holte sie aus der Tasche. An einer war Lippenstift, und er rauchte sie mit Genuss. Er fragte sich, ob sein Onkel in diesem Stadium des Streiks, am einundsechzigsten Tag, noch rauchte, und er schloss die Augen und hatte eine scharf umrissene Vision: sein Onkel, eine untergegangene Sprache im Neonlicht, hingestreckt, die Augen starr und weit aufgerissen, schmallippige Krankenschwestern, die sich über ihn beugten, Infusionsbeutel als Argument gegen die letzte Ölung, kein Gefühl mehr in Fingern, Zehen, Armen, Beinen, schrecklich hervorstehende Rippen, der dumpfe Herzschlag unter seiner Haut, ein Körper, der jetzt auf die Eiweißreserven des Gehirns zurückgriff.

Der Junge wischte sich die Tränen ab und schrie das Meer an. Er schrie jeden Fluch, den er kannte. Hinter ihm läuteten die Kirchenglocken, und er wusste, dass seine Mutter sich inzwischen Sorgen machte, doch er saß auf dem Pier und rührte sich nicht.

Kurz vor Sonnenuntergang kam sie, und er sah, wie sie in die Telefonzelle trat. Sie nickte zu dem, was sie hörte. Er ärgerte sich über die enge dunkelrote Bluse, die sie trug, und er war sicher, dass sie wütend war, weil er den ganzen Tag nicht nach Hause gekommen war, aber nachdem sie den Hörer aufgehängt hatte, kam sie zu ihm, setzte sich neben ihn und sagte, es gebe nichts Neues.

«Heute oder morgen», sagte sie.

Sie sagte es im selben Tonfall, in dem sie ihre Gebete

. . . .

sprach. Dem Jungen fiel das Gebet ein, das sie in letzter Zeit oft sprach. Es endete mit den Worten: «… nach dieser unserer Verbannung.»

Sie sahen zu, wie die Sonne unterging. Sie versank leuchtend rot am Horizont und warf ihr letztes Licht freigebig über den Himmel. Die Möwen stießen dünne, gepresste Schreie aus, während sie tief über den Pier hinwegflogen. Das Wasser schlug grau an das Mauerwerk. Der Junge dachte, dass alles auf der Welt von einer Einsamkeit umgeben war. Seine Mutter sah ihn an, nahm kurz seine Hand und sagte, er solle zu Hause sein, bevor es dunkel wurde. Und er ließ zu, dass sie ihn auf die Wange küsste.

Es war ganz dunkel, und im Osten waren bereits ein paar Sterne zu sehen.

Er blieb lange bei der Telefonzelle am Pier stehen. Das Läuten klang laut und schrill. Der Hörer vibrierte. Er öffnete die Tür der Zelle, und die spiralförmige Schnur schaukelte im Wind. Seine Hand hielt mitten in der Bewegung inne, und dann beschloss er, den Hörer nicht abzunehmen. Das Läuten klang wie eine Totenklage. Bald würde seine Mutter es hören und kommen und den Hörer abnehmen, und dann würde er es genau wissen. Er merkte, dass er zitterte, und als es aufhörte zu läuten, ließ er den Kopf auf die Brust sinken.

Er schlich zur Seite des Hauses, spähte in das Fenster der beiden alten Litauer und sah, dass sie schliefen, Rücken an Rücken.

. . . .

Die alte Frau hatte ihr Haar gelöst, und einige Strähnen waren über das Gesicht ihres Mannes gefallen. Neben ihr wirkte er riesig.

Der Junge konnte noch immer den Kuss der alten Frau spüren, als trüge er dort ein Stigma. Sein Kinn an der Fensterscheibe fühlte sich kalt an. Geduckt verließ er das Fenster und ging zur Rückseite des Hauses.

Ohne die Paddel ließ sich das Boot mühelos tragen. Er packte es am Rand, hob es mit einer Hand hoch, bugsierte es den kurzen Weg entlang und blieb nur einmal an einem Rosenbusch hängen.

Er war jetzt stärker, und der Kajak kam ihm leicht vor.

Am Strand zog er ihn hinter sich her. Lange Zeit sah er hinaus aufs Meer, wo die phosphoreszierenden Wellen sich auf den Sand warfen, als wären sie Brüder. Es waren keine Boote unterwegs, und das Wasser war tiefschwarz. Das Blut rauschte in seinen Adern. Ihn schwindelte, als er sich umdrehte, zu dem Pfahl mit dem Rettungsring ging und den Kajak dagegen lehnte. Er stieß den Bug in den Sand und band das Boot an den Pfahl. Seine Hände zitterten, aber er machte einen festen Knoten. Der Kajak stand da wie ein missgestalteter Mann, und wo der Mund hätte sein sollen, war ein Klecks Vogelscheiße. Er setzte sich, starrte ihn eine Weile an und versuchte, das Zittern zu beruhigen.

Wieder läutete das Telefon, aber er ließ es läuten. Er stand auf und ging über den Strand, wobei er sich im-

. . . .

mer wieder nach dem Kajak umsah, bis er am Fuß des Piers ein paar große Steine fand.

Er schleppte sie hinunter und stapelte sie zu einem großen Haufen, und dann hob er den ersten hoch in die Luft und spürte den Schauer, der durch seinen Körper lief, als er ihn gegen den Kajak warf. Er war überrascht über die Flugbahn des Steins und verwirrt, dass er es war, der ihn geworfen hatte. Der Stein traf das Boot mit einem dumpfen Knall und ließ dort, wo er landete, den Sand aufstieben. Der Junge biss sich auf die Lippe und warf den nächsten Stein.

Eine schmale Mondsichel hing am Himmel. Auf seinen nackten Armen fühlte der Wind sich kühl an. Die Flut kam beharrlich näher.

Er nahm einen größeren Stein und schleuderte ihn gegen den Kajak. Der Stein prallte abermals ab, und er verfluchte die Robustheit des Bootes. Er ging hin und schlug mit einem Stein immer wieder auf dieselbe Stelle, bis er einen feinen Haarriss sah. Noch einmal suchte er den Strand ab und fand noch größere Steine. Er zitterte jetzt am ganzen Körper. Er war auf der Straße. Er war auf einer Beerdigung. Er hatte eine Flasche voll Feuer in der Hand. Er war in einer Gefängniszelle. Er schob einen Teller von sich.

Erst nach dem zwölften Stein und dem erneuten beharrlichen Läuten des Telefons sah er die spinnwebfeinen Sprünge im Fiberglas.

Er spürte einen Adrenalinstoß im Bauch, als er auf das Boot zuging und mit den Fäusten darauf einschlug,

· · · · · · ·

bis seine Knöchel bluteten, und dann legte er das Gesicht an den kühlen Rumpf des Kajaks und weinte.

Als das Schluchzen nachließ, hob der Junge den Kopf, sah über seine Schulter und bemerkte das Licht im Haus der Litauer: Die Haustür war offen, die beiden standen da, hielten sich an den Händen und sahen ihm zu. Der alte Mann blinzelte, und die alte Frau blickte zärtlich.